畫學有民族性為遺傳法
有時代性為發展法

賓虹

《黃賓虹全集》編輯委員會

編輯例言

一 《黃賓虹全集》作編作品由國内外各博物館、美術館、高等藝術院校等機構提供，并酌收部分私人藏家的精品編纂而成。

二 全集收録黃賓虹繪畫、書法作品三千餘件。按繪畫、書法、著述、年譜爲序分編爲十卷，第一至第四卷爲山水卷軸，第五卷爲山水册頁，第六卷爲山水畫稿，第七卷、第八卷爲花鳥，第九卷爲書法，第十卷爲著述年譜。

三 作品基本按作者創作年代爲序編排，無年款的作品按風格相應穿插在各個時期中；同一時期作品的前後編排次序，根據編排需要略有參差調整；經作者晚年再度添畫點染的早年作品，則根據作品的整體面貌分别編列于早期或晚期作品序列之中。

四 入選作品的著録形式爲：題目、質地、尺寸、創作年代、收藏者、題識與釋文、鈐印（部分鑒藏印不釋）。

五 全集卷首設序言與總論，每分卷均有導語，概述黃賓虹的書學思想、藝術理想和他的藝術實踐。

六 爲方便國内外學者及廣大讀者，全集采用國家語言文字工作委員會《第一批异體字整理表》所規範的繁體字排印。全集内除文中有特殊涵義的古體字原樣保留外，一般均改用規範通行字體。個别難辨之字，用□表示。

七 全集中部分作品按原尺寸印製或作局部放大處理，使讀者能從中得到更完美的藝術享受。

八 年譜爲準確反映譜主的藝術成就和畫學思想，將譜主的若干代表性繪畫作品與有關著述手稿、書信以及記録生平紀略的照片一并整合編排，以便全面、形象地展示譜主的藝術思想發展過程。譜主親歷的社會活動，只載比較主要的事迹。

九 黃賓虹全集中所收録的作品均經《黃賓虹全集》編輯委員會審定。

《黃賓虹全集》編輯委員會編

黃賓虹全集

1

山水卷軸

山東美術出版社・浙江人民美術出版社

主　編・王伯敏

分卷主編・童中燾　王克文　陸秀競　王大川

目次

《黃賓虹全集》序　1
黃賓虹論　3
導語・法備氣至　13
山水卷軸圖版・早期——一九四八年　1

《黃賓虹全集》序

王伯敏

『長繩難繫日，自古共悲辛』。然而悲辛終究無益，努力才會成功。古往今來的賢人仁者，從來不乏『繫日』有成者。唐詩人盧照鄰所稱贊的『寂寂寥寥揚子居，年年歲歲一床書』的揚雄，帶領子孫『移山』的愚公等人，不都是志在『繫日』，且有實效而得成功的嗎？在近現代的畫家中，倘從黃賓虹一生來考察，可知『繫日』誠非難。

在近現代的中國書畫家中，黃賓虹是一位高壽畫家，他的一生跨越兩個世紀，經歷三個截然不同的時期。在他七十年的藝術生涯中，惜陰如金，兢兢業業。有云『鍥而不捨，金石可鏤』，黃賓虹無疑是一位道地的『堅韌不懈』而『真積力』者，勤學、博學，數十年如一日地『三更燈火五更鷄』，他付出的精力，無异于『長繩繫日』之勤。

黃賓虹是一位典型的早學晚熟的畫家，他在早春播種，于深秋結果。他熱愛祖國，他寫山畫水的動力，來自對祖國山川的熱愛。他説『中華大地，無山不美，無水不秀』，足迹遍及名山大川，先後登泰岱，攀華岳，越長城，探三峽，上峨嵋，游桂林；又曾白日崖頭坐雨看山，入夜冷螯邀月静對，如是洞察大自然與人類生存的息息相關，感受大自然在不同季節、不同區域變幻的無窮奥秘。作爲一個畫家、詩人和學問家，在經歷久長歲月的注情會神後，終于至古稀之年，而得藝術真諦。他曾吟詩道：『我從何處得粉本，雨淋墻頭月移壁。』這種既平凡又極不平凡的審美感興，得來絶非偶然，試問在歷史上，又有哪些畫家得到過這種模山範水的『粉本』？

他那長年不懈的『鐵杵磨針』之功，使他獲得了『晚熟』的碩果。他晚年所作出的驚人的『爲前人之所無，後世人所不可無』的變法，最爲突出的一點，就是在他八十歲前後在用墨、用水上臻乎化境的創造和造詣。他那『黑密厚重』的繪畫風格，在中國以至東方都是獨創的，其影響的深遠和重要性是世所公認的。

正因爲如此，人們敬仰他，尊重他，也就不會忘記他。爲此，我們認真地彙編了這套《黃賓虹全集》，希望能對黃賓虹藝術的深入研究提供盡可能全面系統的資料，以便爲黃賓虹藝術的走向世界起到推進的作用。這套《黃賓虹全集》，不僅是黃賓虹個人藝術成就的集大成之作，也是人類社會發展的一個文明結晶。

彙編這部十卷本的《黃賓虹全集》，從資料收集、拍照開始至審稿、編輯、發稿，我們先後花了八個寒暑。我們的意圖是：體現黃賓虹繪畫藝術在各個時期所具有的獨特性和創造性；從認識時代的實際中，瞭解黃賓虹山水畫在藝術發展史上的超前貢獻；重視黃賓虹的學養對于提高繪畫水平的作用，更從高壽畫家的年譜中，較集中、較鮮明地反映一個時代的藝術風尚和特色；通過這樣的個案的研究，反映近現代美術史上中國畫傳統的繼承與揚弃、保守與開拓，以及中外文化交流方面所發生的矛盾、停滯、調和和發展的種種迹象，努力促進中國畫學研究的進一步深入開展。

我們接受彙編這部《黄賓虹全集》的任務後，無不勤勤懇懇，盡一切努力收集有關資料，得片紙隻字，或復印，或儲電腦，珍若瑰寶；凡聞東鄰西舍有黄賓虹早、中、晚期作品，都盡力徵求。這批資料，雖然來自國內外各大博物館及有關文物單位，但主要來自浙江省博物館。這次我們拍攝的作品照片，總數爲近一萬三千餘張，彙編期間，我們選出三千餘張。這才想到，我們做這篇『文章』之難，就難在一個『全』字上。然而《吕氏春秋·不苟論》有言曰：『全則必缺，極則必反，盈則必虧。』可知『全』與『不全』是相對的。我們在彙編《黄賓虹全集》時，難免『有所缺』『有所虧』。在這項浩大的文化建設項目上，出版社付出了財力，同仁們付出了時間、精力和辛勞是不言可知的。在具體的編輯、出版工作中，更得到了各方面的鼓勵和支持，也從黄賓虹的書畫作品中得到了美的享受。所有這些，都使我們體會到，文化建設的步伐，總是在協作與奉獻、勞苦與愉快的交織中前進的。

《黄賓虹全集》現已問世，甚望讀者諸賢指教匡正。借此機會，對幫助支持過這項工作的有關單位及各界人士致以熱切的謝忱。

二〇〇六年八月

黃賓虹論㈠

梁江

杭州，南山。從半山腰環目四顧，到處簇擁着永遠的青翠。江南温潤的清風掠過，越發襯顯出一種异樣的寂静。這是杭州的南山公共墓地，黃賓虹先生就長眠在山坡上一大片錯落的墓碑之中。這是另一個世界，平和、淡然，遠離了塵俗的囂喧，一如賓虹老人生前的歲月。

二〇〇四年初夏，在籌辦黃賓虹國際學術研討活動赴杭州期間，我曾代表中國藝術研究院美術研究所，肅然在首任所長賓虹先生墓前上了幾炷香。黃賓虹在世時曾預言，他的藝術在三五十年之後方爲世人所識。㈡ 而今，五十餘年匆匆逝去。透過歷史的風雨雲烟，人們看到，黃賓虹是一座聳峙的高峰，他是二十世紀中國藝壇的驕傲。這些年來，浙江、上海、安徽等地有關黃賓虹的紀念、研討和出版接踵不斷。二〇〇四年，中國藝術研究院籌辦了國際性的黃賓虹學術研討會，首次在中國美術館中廳爲黃賓虹舉辦了作品展覽。浙江省博物館出版了《畫之大者》大型畫册，接着舉辦了『五十年後識真畫』系列活動。現在，歷經數年編撰方告竣工的《黃賓虹全集》也在人們的期待中推出了，這爲下一步更深入認知黃賓虹提供了更爲充分的材料。

歲月如潮，披沙瀝金。二十世紀已留在我們身後，囂喧和浮屑漸漸遠去。在古典與現代交彙的歷史坐標上，我們遇到了一個閃光的名字——黃賓虹。

這是古老中國從傳統走向現代，由涅槃轉往新生的艱難行程。曲折迂迴的歷史行程和波詭雲譎的社會風雲，構成了現代中國美術衍變進程的特定語境。與之相類，百年中國畫延綿跌宕的遷變，也是一幅長長的、七色焕然的歷史圖卷。一九一三年，魯迅先生寫下了《擬播布美術意見書》。他説：『凡有美術，皆足以徵表一時及一族之思維，固亦即國魂之現象。若精神遞變，美術輒從之以轉移。』美術遞變的歷史，也就是一個民族的精神史，是一個時代思維的軌迹，魯迅先生對美術作了從未之見的詮釋。

和目光如炬的魯迅先生一樣，黃賓虹也把美術，把中國畫視爲民族精神之載體，視爲時代性格的見證。他亦曾説，『自來文藝的升降，足覘世運之盛衰』。㈢ 而作爲一個畫家，他更從專業角度作了深入一步的闡述：『國畫民族性，非筆墨之中無所見。』

萬物周流不息，能亘古永在的，是中華民族的性格和精神。從魯迅先生憑欄送目的眼光，從黃賓虹先生卓爾不群的身影，我們再次感受到中國藝術所包納和承載的巨大精神能量。作爲一門獨特的民族藝術，中國畫包容着不同歷史段落的時代精神，表徵着中華民族的魂魄。而行走在二十世紀畫壇上的黃賓虹先生，正是以自己非凡的藝術創造，印證了這樣一種生生不息的、强大的民族精神力量。

十九世紀末以降，中國文化界和思想界的思潮已離不開啓蒙與强國的主題。黃賓虹曾參與民主革命，早年結識譚嗣同，熱心于『革新圖强』。他的前半生有過走馬擊劍，『少年慷慨』的不凡經歷，以致一九〇七年被人以『維新派同謀者』告密而倉促出走。㈣ 在上海期間，黃賓虹也是文化界的一個活躍人物。一九一二年爲民國元年，黃賓虹開始用『賓虹』題畫以示紀念。是年春，黃賓虹邀集同道創立貞社，這是一個以『保存國粹，發明藝術，啓人愛國之心』爲宗旨的學術團體。在辛亥革命這樣烈栗變化的社會格局中，政治漩渦和名利場上的紛争錯綜複雜。黃賓虹『痛時艱卜，薄世味』之後，轉而把全副精力投入學術與筆硯生涯中，這是他中年之後人生行程的大轉向。原因如同他在自述所説：『遜清之季，士夫談新政，辦報興學……時議廢弃中國文字，嘗與力争之，由是而專意保存文藝之志愈篤。』㈤ 表面上看，抱道自高，專注于中國文化學術問題及書畫藝術，是從當時涌動的社會潮流游離了。其人生價值取向的深層，乃是通過學術途徑以寄托自己對于國家振興和民族文化重光的不二追求。由于這樣的人生取向和處事方式，也决定了他必然有别于倪雲林式的超脱塵俗和八大山人式的冷然旁觀。黃賓虹是『入世』的，從未曾放弃以國家民族興衰爲己任的取向。這一點，會讓我們立刻想到中國古代文人千百年來奉持的『修齊治平』傳統。

十九世紀中葉以來的中國多灾多難。歷經了一連串激烈的動蕩與變亂，不甘心迭遭外侮的有識之士，在焦灼彷徨中探尋過不同的應對之道。然而，『洋務運動』『百日維新』的接踵失敗，辛亥革命果實輕易落入北洋軍閥之手，都讓人們的幻想一一破滅了。鴉片戰争以來這悲壯的三部曲，觸發出人們更深一層的思索。這，便是『五四』啓蒙運動狂飈突進的邏輯起點。新文化運動是一記震聾發聵的春雷，是二十世紀初中國思想解放運動的序幕。這是一場思想革命，又是一場文學革命。新文化運動的思想戰綫，倡導民主科學，反對專制、愚昧和迷信；提倡新道德，反對舊道德。新文化運動的文學戰綫，倡導新文學，反對舊文學。中國現代文化學術各門類，幾乎都以這一時期爲開端，這是中國有史以來不多見的文化繁榮期之一。與後來一些否定新文化運動的觀點不一樣，當時非但没有全盤反叛傳統，不少被塵封或湮没了的傳統反而得以重現光芒。『整理國故』便取得了耀目成績，民間藝術也被堂堂正正引入學術殿堂。『五四』一代，不乏有識見的知識分子，努力把承續傳統與接納西學結合起來，便是他們一種出自深思熟慮的選擇。另一面，許多傳統積澱深厚的人，并未曾因此妨礙了他們對自由、民主等現代社會理念的接受。經歷過『五四』的思想啓蒙，民主、自由、人權甚至公民權利的思想在中國得以傳播，這是中國社會發生巨大變化的必備前提。

在大時代氛圍中，文學、美術同樣處于革命漩渦的中心。回望這一段衆聲鼎沸的歷史，更能明白，中西藝術思潮交滙撞擊，融會形態與原生形態的中國畫體系并行不悖，構成了二十世紀初葉中國畫壇有别于以往的最大特徵。

立于新舊觀念交滙碰撞的大時代潮流中，黃賓虹對藝術却有着迥异于人的見地。他在《古畫微》中説到：『畫法莫備于宋，至元搜抉其義蘊，洗發精神，實處轉鬆，奇中有淡，以意爲之，而真趣乃出。』而特立獨行則不免要冒風險。于此，他亦曾寫到：『鄙意以爲畫家千古以來，面目常變，而精神不變。因即平時搜集元、明人真迹，悟到筆墨精神。中國畫法，完全從書法文字而來，非江湖朝市俗客所可貌似。鄙人研究數十年，宜與人觀覽。至毁譽可由人，而操守自堅，不入歧途，斯可爲畫事精神，留一曙光也。』㊅

獨特的創造必定有獨特的理念作内在支撑。一九三四年，年届七十一歲的黄賓虹給繪畫厘出三個層次——『文人』『名家』和『大家』。『文人畫家』是那些具備一般文人畫家的修養與才能，『常多誦習古人詩文雜著，遍觀評論畫家記録，筆墨之旨，聞之已稔；雖其辨别宗法，練習家數，具有條理』，亦即主要素質都已具備者。第二等『名家畫者』，『深明宗派，學有師承……得筆墨之真傳，遍覽古今名迹，真積力久，既可臻于深造』。此類『名家』師承有數，筆墨精熟，已屬難能可貴。但對『大家畫者』，要求則顯然不同了：『道尚貫通，學貴根柢，用長捨短，器屬大成，如大家畫者……一代之中，大家曾不數人。』

從黄賓虹對繪畫三層次的分析來看，根柢深而用長捨短，集大成能融會貫通，是『大家畫』區别于非『大家畫』的關鍵所在。不難看出，他强調的乃是在承傳基礎上的創造。而能臻此境的，歷來寥寥可數。

也基于相類的原則，黄賓虹提出以用筆、氣息之高下爲尺度而品評畫藝的『三品』論。古人品評畫作，原已有『三品』『四格』之論，但他未膠柱鼓瑟于此。他説：『畫有初視令人驚歎其技能之精工，諦視而無天趣，爲下品。初見爲佳，久視也不覺其可厭，是爲中品。初視不甚佳，諦視而其佳處爲人所不能到，且與人以不易知，此畫事之重要在用筆，此爲上品。』這一説法讓人想起唐代閻立本見張僧繇作品的小故事，閻立本的第一眼是張僧繇『空有其名』，第二、第三天却越看越覺得了不起，情節恰與黄賓虹所論的第三種情况相同。黄賓虹在此强調的，正是他最看重的『内美』。

『三品』論與他提倡『學人畫』的見解有着内在關聯。在黄賓虹眼中，『學人畫』磊落大方，英華秀發，是爲正格。他要求以書入畫，反對『邪、甜、惡、俗』。這些見解，似乎已與文人畫筆墨傳統，與明董其昌所力倡的『南宗』説一脉相接。但，若把『文人畫』與黄賓虹的『大家畫』『學人畫』和『上品』畫混爲一談，便謬之遠矣。黄賓虹多次明確表示不屑清以還的文人末流。在爲第一次個展寫的信札中，他已申明『與時賢所習相背』，『近時尚修飾、塗澤、謹細、調勻，以浮華爲瀟灑，輕軟爲秀潤，而華滋渾厚，全不講矣』。這類『時尚』，是文人積習之一，于此他的反感已溢于言表。一九五二年，他在致高燮信中更直截了當指出，『清代自四王八怪蹈入空疏，法度盡失』。即便對于清初的石濤，他也頗有异于常人的微詞：『用筆少含老處，是其所短』，『石濤用筆有放無收，于古法遒勁處，尚隔一塵耳』。

那麽，什麽才是藝術的高境界呢？黄賓虹説過：『絶似又絶不似于物象者，此乃真畫。』這種説法，帶有形而上的理論色彩。人多以爲與齊白石説法庶幾近之，其實不然。『絶似又絶不似』强化了差异，這與齊白石『妙在似與不似之間』的折衷狀態明顯不同。『絶似』的當是萬物精神本質，這是從『内美』角度講的。『絶不似』則揭櫫筆墨表達的指向絶非物象表層之逼真。黄賓虹這一理論，恰可用作解讀他山水畫密碼的秘鑰。由于他作畫踐行『絶似又絶不似』的理念，不斤斤于自然形似，没有相應的鑒賞力往往難以把握其精妙之處。

『江山本如畫，内美静中參』，他反復强調『内美』。『内美』是主體的審美觀照，是人格與生命力量的物件化，『内美』

的本質是『我民族』的精神氣度。因此，這是一種至高至遠的極境，不是單純的技法元素所能涵蓋。浮光掠影和淺嘗輒止是得不到的，只有在静觀中參悟和深入品味，方有可能臻此境地。

如果説，上面所述仍偏重藝術創作與藝術品評的基本理念，他的『民學』觀，顯然已上升至文化闡述的宏觀領域。一九四八年，黄賓虹歷經多年的『深思』被積聚到《國畫之民學》一文中，他在此提出了從未有過的叙事框架——中國五千年存在兩大學術源流，這就是『君學』和『民學』。由此，他一種推崇民學的觀念明晰呈現于人們面前。

什麽是民學呢？在《國畫之民學》中，黄賓虹就書法和畫法兩個方面作過闡釋：『君學重外表，在于迎合人。民學重在精神，在于發揮自己。所以君學的美術，只講外表整齊好看，民學則在骨子裏求精神和個性的美，……就字來説，大篆外表不齊，而骨子裏有精神，齊在骨子裏。自秦始皇以後，一變而爲小篆，外表齊了，却失掉了骨子裏的精神。西漢的無波隸，外表也不齊，却有一種内在的美。經王莽之後，東漢時改成有波隸，又只講外表的整齊。到了魏晋、六朝，六朝字外表不求其整齊，所以六朝字美。唐以後又一變而爲整齊的外貌了。根據此等變化，正可看出君學與民學的分别。』

在《與友人書》中，他也曾説過：『上古三代，晋魏六朝，畫有法，法大自然而不言法。唐初失其法，閻（立本）、李（思訓）、吴（道子）俱是封建畫，非民族畫。王維、鄭虔求畫法于書法詩意，而悟得其法。五代言六法，北宋拘守其法，亦爲失之。』以『君學』和『民學』爲叙事框架而解讀文化傳統的遷變，很可體現黄賓虹之藝術理念，也是一種很發人深思的文化觀。黄賓虹另一個『道咸中興』的著名論點，也與此不無關係。這些，都令我們回想到『五四』所熱烈倡導的一種鬱勃向上的新文化精神。

有清一代，繪畫與學術的輝煌時段在清初。而清中期隨着因襲風氣瀰漫，畫壇并未出現開一代新風的大家，近古畫史進入了一個低落時期。這種格局，延宕至清道、咸、同、光年間，近世畫史著述對清中以後畫壇一般評價不高。但，黄賓虹偏偏在衆聲喧嘩中聽到了另一種激越的聲音，他注意到金石考據學在清代沛然興起之後，激發起一股富于民學精神的新畫風。金石學爲畫壇注入一股鮮活而强悍的動力，這是前所未見的變革。黄賓虹在自題山水中論及此變已喜形于色，他甚至使用了『文藝中興』一詞：

『文藝中興，清道咸中，金石學盛，而畫法精進，一掃吴門、雲間、婁東、虞山積習。其學詣多不著于畫傳，竊有以補之。』

不人云亦云，尊崇中國傳統并不迷古泥古，强調『以力學，深思，守常，達變爲旨』，這是黄賓虹一大特徵。忽視這重要一點，對黄賓虹的釋讀便容易陷入偏執和理障。黄賓虹在他的藝術理論框架中推崇『民學』，倡導『學人畫』，追求『内美』，提出『道咸畫學中興』，正是他『深思』之後『達變』的例證。他的核心見解，在一九五二年致高爕信中表述得要言不繁：『畫學有民族性，爲遺傳法；有時代性，爲變易法。』

『遺傳』與『變易』，是黄賓虹藝術觀的兩大支柱。

回顧黄賓虹的藝術行程，不難看到其中貫穿着一條明確的主綫——以書法爲畫法，以點爲要素，以漬墨爲統率。由此爲依托，他構建起自己獨立不倚的風格面貌。

書與畫的關聯，是一個古老而常新的命題。對于山水畫與書法之關係，黄賓虹自有一番精妙的自白：『吾嘗以山水作字，而以字作畫。……凡畫山，其轉折處，欲其圓而氣厚也，故吾以懷素草書折釵股之法行之。凡畫山，其向背處，欲其陰陽之明也，故吾以蔡中郎八分飛白之法行之。……凡畫山，不必真似山；凡畫水，不必真似水；欲其察而可識，視而見意也，故吾以六書指事之法行之。』㊆ 他甚至强調，『畫法全是書法，古稱枯藤墜石之妙，在于筆尖有力，剛而能柔，爲最上品』，這説的已不僅僅是山水畫了。

若從山水畫筆墨技法系統的角度考察，筆法當以勾、皴、擦、點、染等爲主。黄賓虹自然很明白這一點：『筆力有虧，墨彩無光』，『墨法高下，全在用筆』。筆與墨固然相輔相承，但筆的統領，筆在前的主動方符合其辯證關係。當代山水畫家童中燾曾以《翠峰溪橋圖》爲例分析其筆墨形態，進而把黄賓虹之筆墨突破歸結爲六點：㊇

一、突出勾勒，强化骨體，立形存質，改皴筆顯露爲隱退。這樣，既確立了書法式的氣、力和筆法，又爲積點、積墨運用作了鋪墊。

二、皴法的『筆綫』向『點』靠攏。

三、以『點』代『皴』。『點』法原多用來表現林木苔草。『點』的突顯以及『綫』向『點』靠攏，模糊了山石與草木形態的差别。

四、皴筆排比相讓。黄賓虹强調『皴與皴相錯而不亂，相讓不相碰』。如此，增强了皴筆表現山、石『體』或『質』的功能，又爲『筆』的層積留下空間。

五、易『渲染』爲『點染』。傳統『染』法多不見『筆』的痕迹，所以又稱『渲染』。黄賓虹認爲古人『看是渲染，其實全是筆尖點』。宋以後此法漸失，至董其昌創兼皴帶染的『渾染』法，合勾勒、渲染兩者爲一體。後世變皴爲擦，多入輕薄。黄賓虹以『點染』化解了『渲染』可能造成的晦暗輕薄，在墨、色之中求得豐富層次。

六、層層積點。點、畫之間層層積點，參差離合，斑駁陸離。

這一分析是實踐家言，頗有見地。

七十歲以後，黄賓虹開始了鳳凰涅槃式的蜕變。先前『白賓虹』的疏淡秀逸褪隱了，『黑賓虹』的黝黑厚重日趨强化。他更關注筆墨的力度和厚度，點綫密密匝匝，至繁至密而求層次焕然。在黄賓虹看來，作畫之難在于『能作至密，而後疏處得内美』。例如『宋畫名迹，筆酣墨飽，興會淋漓，似不經意，却饒有静穆之致』。他能以看似碎散的筆觸，畫出渾然厚重且層次焕然的山水。無論如何叠加，其筆道氣脉始終整合一體，石濤有語『黑團團裏墨團團，黑墨團中天地寬』，斯之謂也。顯然，晚歲的黄賓虹，重點落在黑、密、厚、重，通過積墨的繁密表現以實踐其『静穆』『内美』的藝術理想。

這是黄賓虹不同尋常的『黑』，對此頗有不理解者，甚至有『拓碑』『烏金紙』之譏。惟傅雷獨具隻眼，説『人以烏金紙喻賓虹老人的畫，其人必不懂畫。待其人懂得了，就會責怪自己太無知』。當然，反乎常人的追求是頗具風險的，黄賓虹原已預計到這一點。不過，他對于别人的誤讀和非議不但寬容，反而引申出更深一層的自省。他平心静氣地説：『我用積墨，意在墨中求層次，表現山川渾然之氣，有人既以爲黑墨一團，非人家不解，恐我的功力未到之故。積墨作畫，實畫道中的一個難關，多加議論，道理自明。』

他對『古人墨法，妙于用水』，尤爲着意，以至後來把『七墨』中『積墨』一法改爲『漬墨』，這自是他多年筆墨實踐經驗的理論化表述。

而在筆與墨具體應用的考察中，黃賓虹有時又比別人更關注如何用墨。且看他的幾點看法：

『唐以前畫，多用濃墨，李成兼用淡墨，董北苑、僧巨然墨法益精。』

『元人筆蒼墨潤，兼取唐宋之長。』

『石濤專用拖泥帶水皴，實乃師法古人積墨、破墨之秘。從來墨法之妙，自董北苑、僧巨然開其先，米元章父子繼之，至梅道人守而弗失，石濤全在墨法力争上游。』

『白石畫……其所用墨，勝于用筆。』

在縝密審察歷代中國畫用墨經驗的基礎上，黃賓虹對墨法作了創造性的闡發：濃與淡、水與墨、色與墨、橫與直互破之『破墨』；濃墨點以宿墨形成極黑之『亮墨』；墨澤濃黑而四周淡化之『漬墨』；畫面鋪水以求統一的鋪水法等。『積墨』是濃淡筆墨之層叠積染，而『漬墨』是水運墨或水渾墨，在行筆點厾中呈現『漬墨』『破墨』狀態的濕筆法。濕筆法也要見筆，他曾在課徒稿上題曰：『漬墨須見用筆痕，如中濃邊淡，濃處是筆，淡處是墨。』其説法并無玄虛，不僅直觀，且很具操作性。幾十年來的具體筆墨經驗，被黃賓虹歸納爲『五筆七墨』。而對于『五筆七墨』的解讀，學界有不盡一致的意見，這也印證了它具有特別明顯的實踐性和經驗性特色。

不難看到，黃賓虹的筆墨觀有着理法并重的特徵。法從理中來，理從變化中來。入于規矩中又出乎規矩之外，才是畫之至理。對于繪畫，最重要的元素當推筆法、墨法、章法三者。從一九三四年的《畫法要旨》以來，他多次提及石濤《畫語録》中『筆與墨會，是爲絪氲』的説法。可見，他對于筆與墨關係的思考由來已久。正如上文所説，作品有『初視不甚佳，諦視而其佳處爲人所不能到，且與人以不易知』者，之所以能如此耐人尋味，其『要在用筆』。他總結最基本的筆法有平、留、圓、重、變五種，墨法爲濃、淡、破、積、潑、焦、宿七種。筆墨之大要，至此賅備。

在黃賓虹的作品中，長綫化作短綫，短綫變爲筆點，這既從技法語言上爲『絶不似』的藝術傳達找到了契合點，也爲筆與墨的融會提供了解决之道。試考察一下他的晚年所作，化綫爲點，點綫用筆層叠反復，筆法却毫不含糊。在頓、挫、提、按中，有着平、留、圓、重、變的種種區别。墨法則是濃、淡、破、積、漬、焦、宿俱全，筆法與墨象在多變的行程中達到了水乳般交融。黃賓虹幾十年筆墨實踐，心手并用方達到一種技進乎道的筆墨極致。這種隨心所欲的表達，是天籟之音，是藝之至境。

黃賓虹一八六五年一月二十七日生于浙江金華，一九五五年三月二十五日卒于杭州。對他九十年的人生和藝術軌迹，歷來的論述有着不同的審察角度。有論者着眼圖像風格特徵，概括爲『白賓虹』『黑賓虹』兩種類别。有學者從居留地域着眼，厘出青年時期（金華至歙縣，一八六五—一九〇七）、上海三十年（一九〇八—一九三七）、北平十年（一九三八—一九四八）、杭州七年（一九四九—一九五五）四個時段。另有研究者則歸納出早、中、晚三個段落，而三段落如何劃分又再衍生出不同方案。一説五十歲前爲早期，七十歲前爲中期，七十歲後爲晚期。另一説六十歲前爲早期，至八十五歲爲中期，其後七年爲晚期。尚有論者認爲，七十歲以前是筆法探求時期，七十到八十五歲是『法備氣至』時期，八十五歲後是漬墨時期。種種看法不一而足，但，有一點不謀而合，都把黄賓虹八十五歲之後七年劃爲一單獨時期。

其實，不管立足何種視角，從黄賓虹一生的歷程看，他的藝術行程都經歷了師古人，師造化，融會貫通進而獨創體格三階段。這是合邏輯的，誰也無法超越藝術創造的内在規律。他早期遍臨古代名作，汲納前人之長，對宋畫沉雄渾厚之風尤有傾心。一生九上黄山，五登九華，四攀泰山，足迹遠及五嶺、雁蕩、巴蜀，吮吸天地氤氲。七十歲以後達到融會貫通，筆墨漸臻化境。而最能體現其爐火純青造詣的，當屬晚年所作。把八十五歲之後七年厘爲一個時期，確乎與黄賓虹登峰造極之『晚成』特徵相契合。

按照朱金樓先生的看法，黄賓虹的早期畫風，『發步于他家鄉的新安畫派和黄山畫派』，而較少涉足四王一脉。這一點，應與他的鄉梓之情以及從小耳濡目染之關係密切。不應忽視，新安一派的漸江、查士標、孫逸、汪之瑞、戴本孝、石谿多屬遺民畫家，氣格高華，而藝術上富于創造意識，無論人格藝品都會給黄賓虹以深刻影響。若把他幾個重要時期的作品臚列比較，則可看到早期畫風明顯傾向于淡逸清峻。人所謂『白賓虹』者，主要是受新安畫派諸家以及元人黄公望、倪雲林熏染之故。到了後來的『黑賓虹』，則是由晚明鄒之麟、惲道生而上溯北宋諸家，筆墨日漸趨向濃重、渾厚。至晚年，黄賓虹最心儀董源、巨然、范寬、高克恭和龔賢，屢屢贊譽范寬、李成等人的沉厚雄强和渾茫豐茂之美，以爲『沉着渾厚，北宋畫中大家方數』。不難明白，由宋元作品的渾融樸茂氣象，黄賓虹捫觸到、把握到了大家氣格的真義。而這些，又進而成了觸發他晚年創造力的重要契機。晚年黄賓虹的藝術創造，是一次升華。他的起點，是在北宋諸位山水大家的肩膀上。

渾厚華滋的含義本是『山水渾厚，草木華滋』，這是山川自然的物象特性。到了黄賓虹那裏，『渾厚華滋』有時主要談筆墨之法，有時偏重藝術風格特徵。顯然，它的含義并不限于某種風格或畫法。若從技法角度分析，渾厚華滋當然離不開筆墨的豐富層次以及所傳達出來的沉鬱、樸茂和渾融。黄賓虹説過，『北宋畫多濃墨，如行夜山。以沉着渾厚爲宗，不事纖巧，自成大家』，『范華原畫深墨如夜山，沉鬱蒼厚，不爲輕秀』。可見，北宋山水的大家氣象是黄賓虹的參照。他又一直重視審察自然山水真景觀，把面對千變萬化自然景致的感受與研讀經典名作所得兩相參證。如『高房山夜山圖，余游黄山、青城，嘗于宵深人静中，啓户獨立領其趣』。而爲了表現對夜山和雲雨氣氛的真切感受，他不拘一格采用了綜合技法，乾、濕、濃、淡、平、竪、正、側點法乃至水、色、墨互破之點，他都采用了。類似例子，又可見他不屑削足適履的藝術態度。

黑、密、厚、重是黄賓虹的重要藝術特徵。『能作至密，而後疏處得内美』，他從不諱言偏愛繁密一格。與他一生數目驚人的作品相證，他其實可區分出濃黑、淡雅、繁密、高簡等多種體格形貌，但積筆墨數十重，通過乾濕濃淡筆墨的多層積叠或相破而構成豐富層次的『黑、密、厚、重』，最可體現其筆墨個性及風格特色。而他最獨特之處在于，看似零落碎散的筆觸，却有機組合爲渾然厚重、層次焕然的山水。畫幅中落筆隨心所欲，鬼使神差，不可端倪，乾濕濃淡層層叠加，而氣脉始終貫穿一體，虛實變化中構成若隱若顯脉絡，形成他自述的『畫中有龍蛇』。清人張庚描述王原祁作畫，説到『發端渾淪，逐漸破碎；收拾破碎，復還渾淪』，斯言矣。

黄賓虹這樣的作品，正與自然山水物象構成了『絶似又絶不似』的關係。以『絶不似』更深刻地表達了内質的『絶似』，這是在極端矛盾張力場重構新的平衡，非大家畫者焉能爲此。許多論者以往已指出，對于黄賓虹的作品，遠看時更能領悟其整體氣象和内在神韵。究其原因，正在于這樣的『絶不似』包含着解構形似的因素，有着若干超越物象表層的特徵。也緣于這一點，每有論者把黄賓虹作品與西方藝術『抽象性』相嫁接。應注意的是，『絶似又絶不似』是黄賓虹一個有機整體，不可截取其一概。

從墨、密、厚、重到渾厚華滋，這是衆多論者對黄賓虹筆墨語言和藝術風格特徵的一個扼要歸納。誠如朱金樓先生所説那樣：『賓虹先生既把我國山水畫的最高境界和我們的民族性，表述爲渾厚華滋，并且又認爲宋元人畫曾體現過這種境界，于是他就向這方面去探索追求。』㊈我們切不可誤讀的是，『渾厚華滋』四字遠非單純的筆墨效果，這裏包涵着一個闃寂已久的鮮活藝術理想。由于這樣俊偉、這樣磊落的含義，實行起來是極難的。而這，恰是黄賓虹一生追求的至高境界。

這是一個大變革、大轉折而又繽紛蕪雜的時代。近百年來的中國畫，比以往面臨了更多的困惑和問題，同時，也比以往有着更多的論争和探尋。

這一時期讓人困惑的做法之一，是有人依據融入與否以至融入了多少西方因素而判斷藝術是否具備現代性。在一個大轉型的歷史段落，持論偏激或許事出有因。然而，中國畫變革顯然并非只落下惟一的途徑。黄賓虹的坐言起行，終于成了二十世紀中國畫壇一個讓人服膺的範例。不僅如此，在這相近時期，黄賓虹的前後左右尚有另外一大批傳統型的畫家。既有齊白石、陳師曾、胡佩衡、張大千，還有顧麟士、馮超然、溥心畬、吴湖帆、賀天健、秦仲文等人，這是一個傳統素養與筆墨功力都很深湛的群體，他們都以不同的方式在接續和推進中國的繪畫藝術。而陳子莊、黄秋園被二十世紀的畫壇所發現，黄賓虹的山水畫被推到前臺進而被解讀出現代性含義，則可能是二十世紀下半葉中國畫壇最重要、最值得回味的事件之一。

在金石學、美術史學、詩學、文字學、古籍整理出版等涉及國學的領域，黄賓虹都有獨特貢獻。而五十多年來的歷史行程表明，他最大的影響却落在中國畫壇上。這格局或許有點出人意料，甚至也不一定是黄賓虹的初衷，但畢竟是歷史合邏輯的選擇。黄賓虹的實踐路徑，是依托中國文化傳統而往前拓進。他既下過很大功夫深研傳統，又極具變革意識，最終因一生不懈努力而獲取過人成就。通過對中國筆墨系統的整飭梳理，通過數十年不綴的實踐，黄賓虹在藝術創造之路上獲得了超越同儕的成就。他由山水畫拓寬了中國畫筆墨的表現力，擴展了中國畫的精神内涵。由玆，中國筆墨傳統獲得了承續和延伸，中國畫之繼續推進與拓展的内在可能得到了確證。從中國畫内部啓動的原發性改革，可能比外部衝擊或者异體拼接的變革方案更符合這門藝術演進的邏輯。由于這樣的原由，黄賓虹的引人矚目，固然緣于其卓犖成就，更由于他是從傳統内部找到了發展和超越的原動力，而并非依賴摻入西方藝術元素。由于黄賓虹，我們不得不再度審視中國畫之筆墨傳統和精神傳統，再度審視筆墨傳達體系化的本體價值。而這，又成了中國畫文脉承接，中國畫繼續拓進的學理依據。黄賓虹的個案，嵌入二十世紀這樣讓人目迷五色的歷史語境中，尤爲發人深思。

在現代中國文壇上，傅雷與黄賓虹的交往成了不可多得的一段佳話。傅雷説過，中國的畫壇，石濤之後，賓虹一人而已。㈩當然，這并不意味着否認了這是一個群峰并峙的時代。因爲，藝術創造的方式從來不是單向或單綫的。黄賓虹的實踐路徑，不會替代吴昌碩、吴湖帆、高劍父、張大千、林風眠等其他人的方式。黄賓虹以渾厚華滋爲主要特徵的風格圖式，也不能替代諸如清峻、明快、飄逸、流麗、生澀、樸拙、雄勁等其他風格類型的藝術表現。我們還不應當忘了，藝術個性雖然依了獨特性，還依了排他性方得以存在，但藝術的前行本就是多元并存和多向演進的。任何獨尊一家排黜他人的想法都會與藝術演進的本體邏輯相悖。黄賓虹當年在世時冷寂居多，近年則是一輪又一輪『黄賓虹熱』。這樣的氛圍，有助于進一步的切磋討論。隨着研究的深入推進，相信會有更多的人能透過筆墨層面而得窺黄賓虹藝術精神之窔奥。

化披離爲厚重，變酣暢爲渾茫。這是一個積健爲雄、真氣充溢的大家。在衆多領域，黄賓虹均取得獨特成就。他是中國古典傳統的集大成者，也是中國畫由古典到現代的領跑者。由于這樣的緣故，在二十世紀的山水畫壇上，黄賓虹的地位無人能出其右。他的最大貢獻，在于承前而啓後，在于張揚了泱泱中華的民族性。這一點，是他對于中國文化，對中國藝術的真正意義之所在。

二〇〇六年十二月二十八日于北京

注释：

㈠ 五六年前，《黄賓虹全集》編撰項目甫上馬，主編王伯敏先生邀我爲全書撰寫總論。作爲晚輩後學，自知力有未逮。一個不應推搪的理由，是黄賓虹先生爲中國藝術研究院美術研究所（當時稱民族美術研究所）的首任所長，其以弘揚民族藝術爲己任的精神激勵着美術研究所一代又一代學人。我作爲現任所長，正可借此機會表達對黄賓虹先生景仰之萬一。黄賓虹先生是一座大山，這裏浮光掠影撮述的幾個片斷，冀望能成爲今後繼續研究的一點參考。

㈡ 黄賓虹對學生黄居素語。見黄鑄夫《從黄賓虹的成就談繼承與創新》，《墨海青山》第二一頁，山東教育出版社一九八八年版。

㈢ 黄賓虹《古畫微》自序。

㈣ 黄警吾《黄賓虹在徽州》油印本）主在家爲同盟會私鑄銅幣之説。王中秀《黄賓虹年譜長編》則謂『懷德堂大廳并不適宜于如黄警吾文章中描述的那樣開爐熔鑄』。

㈤ 黄賓虹《八十自叙》，見趙志鈞《畫家黄賓虹年譜》第二七頁，人民美術出版社一九九〇年版。

㈥ 黄賓虹一九四三年辦首次書畫展期間的信札，見裘柱常《黄賓虹傳記年譜合編》第八四頁，人民美術出版社一九八五年版。

㈦ 裘柱常《黄賓虹傳記年譜合編》第五一頁，人民美術出版社一九八五年版。

㈧ 王伯敏主編《名家點評大師佳作——中國畫》第二三四頁，山東美術出版社一九九八年版。

㈨ 朱金樓《黄賓虹先生的人品、學養及其山水畫的師承源淵和風格特色》，趙志鈞《畫家黄賓虹年譜》代序，人民美術出版社一九九〇年版。

㈩ 傅雷給劉抗的信，見《劉抗文集》。

（梁江，中國藝術研究院美術研究所所長，研究員、博士生導師）

導語·法備氣至

竭力追古，遺貌取神，成一家法，傳無盡燈，其與韓、柳、歐、王有功古文辭，無多差別。

——黃賓虹自題畫

黃賓虹論畫史淵源及至清代，認爲『朝廷院體不足論』，而『雍乾以後，除華喦花鳥、方小師山水、羅聘人物，餘皆寄人籬下可謂之畫奴』。寄何人籬下呢？顯然是清初以來的畫壇正統如『四王』，而縱然四王也是『專尚臨摹，重貌似不重神似，且筆力柔弱，均未深造』。這就是生于一八六五年的黃賓虹所描述的清二百年來的畫學遺産。當然，近代史的曙光，不只映襯出古典末代的蒼凉，也將照亮畫壇自救與再創的諸多可能。黃賓虹曾有這樣一段話表露其心志：『竭力追古，遺貌取神，成一家法，傳無盡燈，其與韓、柳、歐、王有功古文辭，無多差別。』追古、傳燈，黃賓虹仍將從畫史、文化史淵源之中來尋找變革與新生的資源。

黃賓虹承續傳統的機緣，因其家庭而具有徽商的特點和途徑。徽州商人，在明代中葉已成爲一支重要的經濟力量，在今浙江、江蘇等地當然包括安徽成了一個活躍的社會階層，與文壇、畫壇各領風騷的文人和畫家匯合爲一種交融互動的關係。徽商們因着日漸强大的財力支撑，大都熱衷于資助畫家，收藏畫作，抑揚畫壇風氣。從畫史記載可知，徽州多有文人、畫家，如李流芳、程孟陽、程邃等均出自徽州而流寓京都大邑，金陵、蘇浙的畫家如沈周、董其昌、鄒之麟等也常流連在黃山白岳間。一部明畫史，大都是在蘇、浙、皖人的互動中波瀾起伏，徽商也以其財力和審美好尚推波助瀾。這段歷史的一個結果是，徽商家族豐富的收藏成爲筆墨傳統得以綿延的一個重要依憑。這對徽商之子黃賓虹來説，不僅早期起步于摹習古畫的庫藏，而後來的畫學思想，甚至晚年的變法也與這個地域的文化史以及這一段畫史密切相關。

黃賓虹六歲時即最早摹習的古迹，就是家藏的清代畫家沈庭瑞的山水畫，沈庭瑞以傳明人沈周法爲著。而黃賓虹從小常聽族中長輩們津津樂道沈周因避『訟累』曾來徽州，就在潭渡村設館授徒。歸吴中前，贈所畫山水松柏四屏以謝黃家族人的禮待。十歲上，黃賓虹以家中、族中收藏的沈周畫迹爲日課。摹習沈周，原是黃賓虹的童子功。所以，在黃賓虹的早期畫作甚至晚年變法的作品裏，總能捫及源自沈周的硬朗、磊落的筆綫。

黃賓虹早年的研習重點在明代。明代畫壇有一個重要特徵，即對宋元經典的承接和解讀有一種自己的『闡釋的傳統』。去古不遠如吴門畫派中人的立場和方法尚不多偏頗，而晚明董其昌及緊隨其後的四王輩，則因爲偏愛某種審美旨趣而壓抑了超脱開來審視『大畫史』的能力，制約了再創的視野和氣局。黃賓虹則在辨析這一『闡釋傳統』的過程中建構起自己的畫史觀，其獨到的見解有二：一是對董其昌『南北宗』論的反思；二是有關『啓禎諸賢』的獨特判斷。

黄賓虹以其畫家本色對此質疑和反思，是從董其昌作品中『兼皴帶染』的筆墨法開始的。我們知道，徽人的收藏，未必受『南北宗』論所囿。而新安畫派以崇尚氣格，以『骨法用筆』見長。所以，在黄賓虹早年觀古畫、習筆墨的學畫經歷中，已接受了很强的綫條意識。在一九二五年所著文中，他直指董其昌『開兼皴帶染法爲變文、沈之舊，因合古人勾勒、渲染二者囫圇爲之，四王、吴、惲仍其意，于骨格筆法，稍稍就弱，後世承其學風，變皴爲擦，非淪晦暗，即入輕薄，古法失墜，蓋已久矣』。北宋米芾用『落茄點』畫雲山，或許是最早的『兼皴帶染』法。然米芾首先是書法入畫，而後變化董源、巨然的長短披麻皴爲横筆點染，以表現雲山之『節節有呼吸』，是法備而後的氣至。『南北宗』論模糊了法與氣的因果關係，忽略了荆、關一脉重骨格筆法以營造恢宏氣象的傳統。黄賓虹點出『兼皴帶染法』弊端之原由，也點出了『南北宗』論以後畫壇偏隘癥結之所在。

一九三九年，黄賓虹著《畫學南北宗之辨似》。要論有三：一，自唐王維、李思訓以水墨、丹青各爲經典，宋元間諸大師各擅其美，『初無南北之分』；二、後來學者，于辨似未有明，則不學南宗而弊，即學南宗亦弊；三、提出法、理、情、意、力、氣、韵七字爲畫史的價值評價系統：『畫者以理法爲鞏固精神之本，以情意爲運行精神之用，以氣力爲變化精神之權；法在理之中，意在情之中，力在氣之中。』這是繼一九三四年著《畫法要旨》提出『五筆七墨』之後又一重要畫學見解。平、留、重、圓、變五字筆法，指向筆綫的形態，是爲筆法質量的評價系統；法、理、情、意、氣、力、韵則是考察其理法是否完備，即檢驗是否『法備氣至』的評價標尺。這樣的評價系統無論在回溯傳統資源還是面對未來新創都具有開放性，由此可規避『南北宗』論之弊端。對黄賓虹來説，傳統資源不但有待開掘，而『變化古人未盡之妙』更具吸引力。對此黄賓虹有一份自信：『畫分南北宗，貴參活禪耳，非善讀書者烏以語此。』

『參活禪』，可窺見黄賓虹審視和擷取傳統資源的方法論。比如，他將北、南宋之間的李唐列入研習的重要對象，而李唐正是董其昌指爲『北宗』一派的畫家。黄賓虹于畫史研究有一個重要視點，即尤其重視兩個時代之間或謂畫史轉捩過程中的重點人物，如李唐。董其昌以李唐爲南宋畫院『班頭』，筆墨質實躁硬，將其列入『北宗』似也順理成章。黄賓虹也認爲『李晞古體格不甚高雅』，但『闢境靈奇，丘壑位置最佳』，甚至以爲李唐的小斧劈皴、刮鐵皴即是『隸體畫』之一種。其實黄賓虹如此看重李唐，是因爲李唐筆綫質實剛性，造景偉岸雄奇，承傳自五代北宋間的荆浩和范寬。而黄賓虹有意探索這一脉在馬、夏以後漸次湮失的傳統。在一幅《宋人畫意圖》中，我們能看到明人唐寅與李唐之間的脉傳關係。我們知道，明初畫壇風行南宋院體，至明中葉有沈周、文徵明、唐寅、仇英『四大家』，精工雅逸，標榜恢復宋元正軌。其中，精工整飭是院體傳統的精華，唐寅化合南宋李唐的雄渾整嚴，參入元人的鬆秀雅逸，遂兼一種細膩優雅和莊重渾穆。而黄賓虹既着重『唐子畏師法李晞古，漸趨鬆秀，猶不脱前人矩矱』，亦警覺『若有意求雅淡，便入鬆懈，去古已遠矣』。這便是所謂『參活禪』，原也是古人的心訣。

與反思『南北宗』論相應的，是反思有關『啓禎諸賢』。黄賓虹認爲，明末天啓、崇禎年間國族將傾覆之際，有『賢哲之士，生值危難，不樂仕進，岩栖谷隱，抱道自尊，雖有時以藝見稱，溷迹塵俗，其不屑不潔之貞志，昭然若揭，有不可僅以畫史之目者』。他們往往有這樣幾種身份：學問家、詩人、書法家或具開山地位的金石家。明亡後堅守氣節的遺民畫家如新安畫派中人，在黄賓虹看來，説『不可僅以畫史目之者』，正是他們的思想和實踐守住了畫壇正軌。這其中就有鄒之麟、惲向這兩位常被畫史著述忽略的畫家，黄賓虹甚至認爲：『其實新安四家受毗陵（今常州）鄒臣虎、惲道生影響，所以未入江湖而爲畫史正軌。』在其題畫款中也屢屢提及鄒之麟曾來新安，新安畫家築『待鄒亭』以示崇敬。觀鄒之麟畫筆，黄賓虹指出其『筆意本于晋魏六朝悟出』，是謂其畫境古雅正統；强調其『錐沙印泥之妙』，是申明沉着圓轉的用筆才是正軌。惲向最自詡的是深得倪雲林之簡逸，而黄賓虹看重的是惲向築基于董、巨的古厚，而後學倪才見真諦。曾自言：『余别號有「予向」者，因觀明季惲向畫，華滋渾厚，心向慕之，學之最多。』亦常引龔賢語：『鄒衣白學大痴爲入室，惲道生則已升堂。』向往如此，乃因黄賓虹認定『啓禎諸賢』如鄒、惲等不專以畫家自詡的『士夫學人』是宋元精神傳燈。

黄賓虹七十歲前的作品體現了有關『畫史正軌』的探索。與其『參活禪』方法論相應的是，畫中追求『冲和』之境，即把畫史各路資源『參活禪』整合在『冲和』這一儒學傳統範疇中。這是『法備氣至』的第一層境界。以『冲和』之境入手，再求『渾厚華滋』，是我們認知黄賓虹畫風的基本途徑。

山水卷軸圖版

・早期——一九四八年

山水 紙本 縱二四厘米 橫五〇厘米 一八九三年作 安徽省博物館藏

題識：癸巳仲春 畫奉理卿老兄大人雅正 弟賓

鈐印：黄樸丞

山水（四條屏）　紙本　縱一二一·五厘米　橫二九·五厘米　一八九四年作　私人藏

之一　題識：峭壁疏林下　高人寄軸過　岩栖無俗冗　乘興看山多　樸丞

甲午春舊作山水畫　時學梅花老人筆　今匆匆六十年　允中先生得之　屬賓虹又題　癸巳年九十

鈐印：我愛其静　黄質之印　伯咸　黄賓虹

之二　題識：叢樹罥輕靄　晴山隔水妍　虛窗俟涼月　情話共陶然　濱虹

前六十年甲午春　客邗江作　癸巳　賓虹年九十重題

鈐印：犁雲　黄質私印　璞丞　黄賓虹

之三　題識：玉宇秋無雲　高峰閃夕曛　放綸溪水上　時逐白鷗群　樸丞

余弱冠讀書鍾山邗水間　歲終歸黃山　春出新安江　流覽江南北山水　誦習之暇　游戲水墨　今垂垂老矣

癸巳　賓虹年九十又題

鈐印：師古　黃樸丞詩畫印　黃賓虹

之四　題識：謖謖青松風　汨汨丹磴泉　崎嶇蜀山道　危峰高插天　時甲午春王月　擬元人設絳色景　樸丞黃質寫

此余六十年前舊作畫　仿佛黃山紀游景　癸巳　賓虹年九十重題

鈐印：山高水長　臣質　樸居士　樸丞　賓虹

山水 絹本 直徑二五厘米

一八九九年作 安徽省博物館藏

題識：己亥夏日 輝庭仁兄大人屬正 樸岑黃質

鈐印：黃質私印

秋山圖　紙本　直徑二五厘米　歙縣博物館藏

題識：

到來便覺興悠然　秋老紅黃樹色鮮

最是暮烟初上候　萬山空曠一橋懸

月芬太姻丈大人清賞　樸丞年侄黃質寫

鈐印：樸丞

丹崖翠壁　紙本　縱一二六・二厘米　橫三二・三厘米　浙江省博物館藏

題識：夭矯長松奏琴瑟　崔嵬虛閣俯江湍　山人不乞鏡湖水　應識丹崖翠壁寒　樸居士寫于石芝閣

鈐印：黃質私印

野徑疏柯 紙本 縱一二六·四厘米 橫三二·三厘米 一九〇一年作 浙江省博物館藏

題識：□徑疏柯帶碧烟 半□斜日印晴川 野人無覓秋光□ 欲在籬門竹柵邊 辛丑春日 培芝尊兄大人屬 黃質寫

鈐印：黃質私印

山水 紙本 縱一八厘米 橫九七厘米 一九〇二年作 安徽省博物館藏

題識：壬寅春仲 寫應樂亭仁兄大人法鑒 樸岑質

鈐印：黃質私印

叢樹蒼崖　紙本　縱一二四厘米　橫三二厘米　浙江省博物館藏

題識：綠林紅樹遍蒼崖　溪水紅塵小閣斜　倚棹詩翁不歸去　五湖烟水即爲家　濱虹生

鈐印：黃質私印

青山過雨濃 紙本 縱一六四厘米 横四七厘米 一九〇四年作 安徽省博物館藏

題識：溪上青山過雨濃 分明倒浸玉芙蓉 令人却憶匡廬頂 百丈銀河下碧峰 甲辰夏日寫應嘯琴仁兄大人雅屬 即希指正 頎厂散人黃質

鈐印：黃質之印

山水 紙本 縱一五八厘米 橫九一·一厘米 浙江省博物館藏

題識：山静水涵虛 幽人深處居 蕭蕭殘照裏 落日滿蓬廬 潭上質寫

鈐印：黃質樸丞父長壽印信

疏林淡山　紙本　縱一二五厘米　橫四八厘米　一九〇八年作　浙江省博物館藏

題識：颯颯疏林淡淡山　小橋流水渺烟鬟　幽人自有尋吟處　斜日灘頭亭子灣　戊申秋日　潭上質寫

鈐印：黃質之印

望江亭 紙本 縱七五厘米 橫二七厘米 安徽省博物館藏

題識：望江亭望晚江晴 颯颯秋兼風水聲 寺隔數峰猶未到 禪燈幾點翠微明 紫峰先生屬 黃賓虹畫

鈐印：黃山子

山居幽秋　紙本　縱一二六厘米　橫三二厘米　浙江省博物館藏

題識：山居幽賞入秋多　處處丹楓映翠螺　欲寫江南好風景　雪川一派出維摩　黃檗琴寫于潭上

鈐印：黃質私印

臨倪雲林山水　紙本　縱一一六·五厘米　橫四二厘米　浙江省博物館藏

題識：一室蕭閑無俗情　浦雲沙鳥到階庭　朋來直諒惟三益　心醉離騷與六經　曠世有懷頭已白　經年不見眼猶青　抽毫濡墨多幽興　寫出溪崖月滿汀　至正十年二月　余以事來荊溪重居寺　喜晤虛碧徵君　寫此志感　錫山懶真倪瓚　此余臨倪迂真迹　忽忽四十年置行篋中　南北奔走　今于零縑敗楮堆垛檢出　癸巳冬日　賓虹重題

鈐印：黃賓虹

林亭烟雨　紙本　縱一一一·二厘米　横四二厘米　浙江省博物館藏

題識：林亭孤坐夕陽低　烟雨空濛鳥亂啼　誰過小橋尋古寺　修篁夾道似雲栖　戊午冬日時歸里門　讀江海門參軍詩　檢前十年舊作畫因題其上　樸存

鈐印：黄質私印

萬壑霜飛 紙本 縱一四四·五厘米 橫四五厘米 安徽省博物館藏

題識：萬壑霜飛木葉丹 石橋流水暮生寒 却疑二月天台裏 一路桃花送馬鞍 樸存

鈐印：黄質私印

擬龔賢山水　紙本

縱三九·五厘米 橫三四厘米

一九〇九年作　浙江省博物館藏

題識：擬龔柴丈大意　己酉春日

樸存黃質

鈐印：黃質之印

山水 紙本 縱六五·五厘米 橫三二·五厘米 浙江省博物館藏

鈐印：黄氏樸丞 賓虹草堂

山水 紙本 縱六一厘米 橫三二·八厘米 浙江省博物館藏

鈐印：黄氏樸丞 賓虹草堂 片石居

西風帶雨 紙本 縱一〇二·六厘米 橫三八·八厘米 浙江省博物館藏

題識：西風淡淡水悠悠 雪照絲飄帶雨愁 何限歸心倚前閣 綠蒲紅蓼練塘秋 曩覘北宋人畫 仿此忽忽四十年 賓虹 甲午年重題

鈐印：黄賓虹 黄山山中人

秋老紅黃樹色鮮 絹本

直徑二六厘米　安徽省博物館藏

題識：秋老紅黃樹色鮮　雲林曳杖興悠然　髯翁

清迹茲猶在　爲政風流説冷泉　擬文待詔筆意

繫以俚句　奉筱亭太守先生大人清賞　樸存黃質

鈐印：黃質

擬唐子畏山水　紙本　縱一四六・五厘米　橫七八厘米　一九一五年作　安徽省博物館藏

題識：唐子畏畫法冠絕有明一代　上承李晞古　下啓王清暉　其氣韵生動處全從宋元人真迹得來　若有意求雅澹則便入鬆懈　去古已遠矣　乙卯初冬　濱虹黃質

鈐印：黃質之印

山水　紙本　縱一七八厘米　横九一厘米　安徽省博物館藏

題識：王子丕與周昆來論畫曰　今人專講摹仿　與畫何與　畫天如天　畫地如地　畫何山川何人物　如何山川如何人物而已　李恕谷嘆曰　依傍門户而忘聖道之本然者　今之畫也　明季顔習齋李恕谷言聖賢實用之學　時稱顔李　又以習齋配黄梨洲顧亭林王船山　稱四大儒　恕谷曾集陳尚孚陸西明張潜士蔡瑞生周昆來胡元馭魯聖居張赤城王子丕于寓　彈琴吹笛　歌詩論學　歡燕而罷　赤城帖云　是會也　奇才异技六省之士萃于一堂　吾高叔祖確夫先生　從大興劉繼莊傳習齋之學　著廣陽雜記　海内尊爲巨儒　而與昆來交好尤篤　其後昆來喪于非命　論其畫者至謂所交非正　川澤納污　致令賢者蒙詬　此不讀書之過也　近睹昆來畫因題數語于此　樸存賓寫并識

鈐印：黄賓樸丞父長壽印信

山水 紙本 縱一七八厘米 橫九一厘米 一九一七年作 安徽省博物館藏

題識：明季淩夷 名賢淪落 我春暉堂中諸叔伯祖丁其時者 若確夫先生隨母方太君避地吴中 從名師游 學成名立 終脱其父子獄 遂家姑蘇 白山先生鳳六山人父子久客楚粤 所居古修堂舊屋 且不能有 蓼莪虞在公爲築廬于里之太和井南 號曰吾廬 清嘉慶中 族祖虞船公有過家扶孟先生吾廬舊居歌 句云 主人前身陸秀夫 日落虞淵曾手扶是也 春谷先生最後起 英材碩學 生當盛時 而零丁孤苦躬遭兀臬 其後雖身名俱泰 終于維揚 未至里門 今觀家牒如溯源録潭濱雜志及培元户祀田記 知諸公足垂今譽于桑梓者 後世莫能忘之 余年未三十 即歸耕東畝 搜輯舊聞 饑驅來海濱忽忽且十稔矣 里之賢者方謀葺堂宇建里門而新之 因爲作畫以塈其壁 且述先德 俾衆觀覽焉 丁巳冬日 樸存質 鈐印：黄質樸丞父長壽印信

山水　紙本　縱一七八厘米　橫九一厘米　安徽省博物館藏

題識：余叔祖春谷先生游阮太傅之門　所著夢陔草堂詩文　極爲仁和譚仲修師所擊賞　有山行口號云　磊磈嵚崎劇不平　望中時有白雲生　汶陽一帶山爲屋　多少人家石壘成　又歷城曉發云　雨餘山氣靄遥空　一片晴巒遠近通　只覺巑岏行不到　不知身在萬山中　仿佛畫境　因謹録之　樸存

鈐印：黃質樸丞父長壽印信　高蹈獨往蕭然自得

山水　紙本　縱一七八厘米　横九一厘米　安徽省博物館藏

題識：

眼前光景口頭詩　凑泊吟成絶妙辭　寂寞水流心不競　悠悠雲在意俱遲　泉聲撼户山愈静　樹影籠窗日正長　讀罷黄庭無一事　篆烟閑裊午簾香

小橋流水對柴門　三兩人家自一村　翻恨經年無客到　白雲青靄鎮朝昏　道人本性愛山居　選得奇峰下結廬　終日對山看不厭　還將素繭寫山圖

一溪流水到門前　緑染波光浄可憐　却被沙鷗驚起去　蒼茫點破水中天　蓬門草屋稱幽栖　閣上青山閣下溪　閉户未嘗輕一出　不須興咏去來兮

野性愛山兼愛泉　常來掃石坐還眠　有時風遞泉聲響　好是幽人撫七弦　龍有深淵鶴有巢　幽居還有小蓬茅　野橋山徑無人到　高卧全將世事抛

此余高叔祖白山先生題自畫詩八截句　畫今不可得見　詩已鎸入一木堂稿中　版毁且久矣　生平著作等身　聲名藉藉大江南北間

乾隆時以馬秋玉氏繕其遺著進呈收入四庫　如字詁義府等書　直開有清一代漢學之先　論者稱其精確不在方以智通雅之下　樸存質

鈐印：黄質樸丞父長壽印信　高蹈獨往蕭然自得

擬黃鳳六山水　紙本　縱一六六厘米　橫五一厘米　安徽省博物館藏

題識：鳳六山人畫意多衡山家法　高叔祖白山公之嗣子也　清初族祖飛赤公宦粵西　山人嘗游其幕中　飽看桂林山水岩岫峰巒之美　悉著于畫　至其深厚濃古　直登董巨之堂　所爲詩亦謝去雕飾　兼工篆刻　人以其不自收拾惜之　兹擬其意　樸存

鈐印：黃質樸丞父長壽印信　高蹈獨往蕭然自得

六如居士停琴觀瀑圖筆意　紙本　縱一三三厘米　横四七厘米　安徽省博物館藏

題識：唐六如居士停琴觀瀑圖　筆意全仿李晞古　余爲試臨一過　濱虹散人　余臨摹宋元名畫三十年　始擬遍游山水以參其趣此爲弱冠後仿明賢之作　稚嫩未足方駕前古　碩之世兄出此　因題志之　甲戌　黃賓虹

鈐印：黃質之印

輕舟放津　紙本　縱一三二厘米　橫三二·四厘米　浙江省博物館藏

題識：野漲接城闉　輕舟放宛津　晴光驚乍遠　酒氣覺愈親　蕩槳雲移樹　簫吹月近人　空潭迴夜色　隱

隱見龍鱗　濱虹生質漫筆

鈐印：黃質之印

竹西觴咏 紙本 縱五七·五厘米 橫二九厘米 安徽省博物館藏

題識：竹西觴咏街南屋 簾幕春深燕子斜 一卷异書剛讀罷 陶然同醉碧山槎 藜青仁兄先生屬 賓虹

鈐印：黄質私印

臨流擬結茅　紙本　縱一〇六厘米　橫三六厘米　安徽省博物館藏

題識：久喜臨流擬結茅　數椽虛敞倚雲坳　香浮玉液醅桑落　色綴金絲上柳條　日暖漸看沙浴鷺　澗寒應訝石潛蛟　釣船常繫柴門外　蔭暍枝柯竹樹交　印文賢侄倩大雅之屬　黄樸存詩并畫

鈐印：黄質之印

澗水清且幽　紙本　縱一四九厘米　橫三九厘米　一九一七年作　安徽省博物館藏

題識：澗水清且幽　林木槭已落　陀平亘岩際　巋然見高閣　丁巳秋日　文瀚賢

咸臺屬　樸存黃質

鈐印：黃質之印

山水

紙本　縱一三五・三厘米　橫四三・八厘米　浙江省博物館藏

雨落山前 紙本 縱一二一厘米 橫四三厘米 安徽省博物館藏

題識：雨落山前雙樹村 石溪流水帶沙渾 野人赤脚如歸鳥 不怕春泥半擁門 濱虹

鈐印：黄賓虹

擬古山水　紙本　縱一四四厘米　橫八〇厘米　安徽省博物館藏

題識：層檐集飛溜　深砌走鳴瀑　餘聲殷天籟　清氣入林屋　風波任喧汹　燕坐瞑雙目　置身得蕭爽　洗耳絶塵俗　香穗鬱水沉　簾花映湘竹　篝燈動春酌　剪韭留夜宿　與客對床眠　清談未云足　己未秋日　觀黄鶴山樵松溪高逸圖　因悟元人畫學無不從唐宋名賢發源者　但唐宋畫本真迹罕存　好事家多見臨本　往往從而輕之　殊非尚友真賞之道　王叔明山水　其人物草樹烟雲烘鎖　一一效仿李昇　止皴法爲稍异耳　立先先生大雅正之　賓虹黄樸存擬古

鈐印：黄質之印　高蹈獨往蕭然自得

山田豐半熟　紙本　縱八五厘米　橫三二厘米　安徽省博物館藏
題識：山田豐半熟　汲澗釀村醑　客至羅瓦盤　煨芋作鷄黍　賓鉷
鈐印：黃質私印

黛色參天　紙本　縱一四四厘米　橫三九・五厘米　安徽省博物館藏

題識：呂梁洪洪上孤月　徂徠黛色參天橫　黃河一瀉幾千里　人道天潢東向傾　賓鉷

鈐印：黃質私印

野水連村綠 紙本 縱一三四·三厘米 橫四三·三厘米 中國美術館藏

款識：野水連村綠 雲山隔岸青 橋低疑礙艇 樹密不遮亭 奇字無人問 清琴只自聽 百年棲息意 把卷憶曾經 曩觀董北苑長卷 沉雄古厚 不落輕薄促弱 閑臨一過 覺思翁猶僅貌似耳 賓鉷黃樸存

鈐印：黃質私印 賓鉷 高蹈獨往蕭然自得

山水（四條屏） 紙本 縱一四七厘米 橫四〇厘米 一九一九年作 浙江省博物館藏

之一 題識：紅樹青山滿眼秋 江南江北路悠悠 一行歸雁無書信 倚盡斜陽不下樓 一拂殘烟暝不收 作成溪上十分秋 空林落日西風急 紅葉無詩水自流 賓虹

鈐印：黃質印信

之二　題識：五月江南雨乍晴　看山如在畫中行　隔溪簾幕初飛燕　灌木池塘獨聽鶯　暑向昨宵風雨盡　詩從今日簟紋成　晝長睡起初無事　驀送滄浪漁笛聲　賓虹散人

鈐印：黃質印信

之三　題識：杜老茅堂倚石根　往來西瀼與東屯　一庭秋雨青苔色　自起鈎簾盡緑尊　斜日西風吹鬢絲　披圖弄翰學兒嬉　釣竿拂着珊瑚樹　張祐題詩我所師　賓虹

鈐印：黄質印信

之四 題識：石壁當年天琢成 石徑迢迢縱復横 近山松柏如列屏 遠山紺宇何峥嶸 方壺蓬萊終杳冥 未若此境堪怡情 一見令人塵慮清 采生先生屬 己未夏日 賓虹黄樸存

鈐印：黄質印信

山水（四條屏） 紙本 縱一四三·五厘米 橫四〇厘米 一九一九年作 浙江省博物館藏
之一 題識：浙河西去萬山幽 捩舵牽桅上逆流 只可神仙稱福地 那堪窮餓作閑游
拙于乞食陶彭澤 老向依人劉豫州 路遇西臺休繫纜 客腸易斷况逢秋 賓虹
鈐印：黄質之印

之二　題識：南陽村舍儘清幽　久擬同心結隱流　怪底每遲江上釣　無聊又作洞中游　但令吾盎儲餘粟　豈使君船到遠州　努力歸期烏石子　三人明月話中秋　晚村送晦木之金華　賓虹

鈐印：黃質之印

之三　題識：老漁倚槳黃蘆根　細香和餌絲作綸　無邊春色杳何處　日暮烟生知有人持竿終日無所得　白鷺銜魚隔江食　風掃楊枝入釣船　滿溪愁煞桃花（色）我來行吟一問之　太息老漁不解詩　我向君身覓佳句　君坐詩中自不知　賓虹

鈐印：黃質之印　黃質之印

之四　題識：風雨澄秋懷　幽香逗沙渚　夢（聲）澈楚天寒　臨流獨延佇　何處同心人
采芳結儔侶　寂歷山水間　無言澹容與　己未初冬　伯蔭仁兄先生鑒正　賓虹
鈐印：黃質印信

山水 紙本 縱三三厘米 橫七一厘米 一九二一年作 安徽省博物館藏

題識：辛酉長夏 鑒堂仁兄大雅之屬 賓虹

鈐印：黃質私印

疏林烟雨 紙本 縱一四〇厘米 横三九厘米 一九二一年作 安徽省博物館藏

題識：疏林一帶映平川 收拾綸竿好放船 最是迷離烟雨外 淺深山色有人傳

辛酉十月 八駿弟屬 賓虹

鈐印：黄質之印

風蒲水閣 紙本 縱一一九厘米 橫四一厘米 安徽省博物館藏

題識：風蒲水閣入黃昏 烟樹天空没遠村 一碧澄波寒浸月 荒江無處覓桐君 見秋先生博粲 黃賓虹

鈐印：賓虹

仿墨井道人筆意　紙本

縱三四・三厘米　橫二七・四厘米

一九二二年作　中國美術館藏

題識：壬戌夏月　仿墨井道人筆似

信軒仁兄先生法家粲正　賓虹

鈐印：樸丞

山水 紙本 縱六七·七厘米 橫三三·三厘米 浙江省博物館藏

鈐印：黃質賓虹

山水 紙本 縱一二四·五厘米 橫六六厘米 浙江省博物館藏

鈐印：黄山予向 黄

山雨歇空山 紙本 縱一〇四厘米 橫三三厘米 安徽省博物館藏

題識：雨歇空山較倍清 新泉一道出林聲 坐深不覺忘歸去 無數亂雲岩下生 賓虹

鈐印：黄質私印

草庵都在明月中　紙本　縱八三·五厘米　橫三二厘米　安徽省博物館藏

題識：蕭條始是住山翁　一座寒雲四壁空　風動樹頭霜葉盡　草庵都在月明中　賓虹

鈐印：黃質私印

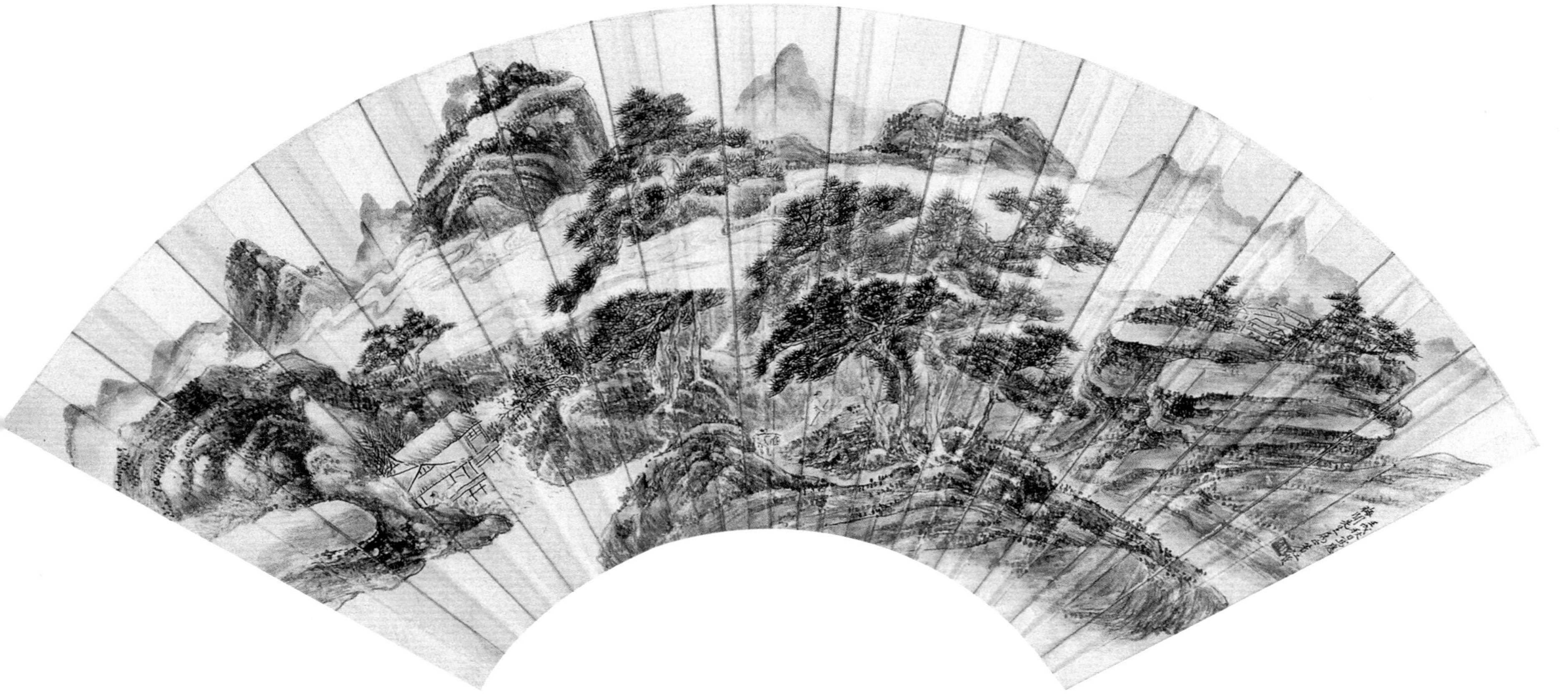

山水 紙本 縱三三·一厘米 橫七一厘米 一九二二年作 中國美術館藏

款識：壬戌秋日 寫應晦聞先生屬正 賓虹質

鈐印：樸丞

江上雨初收 紙本 縱一四六厘米 橫四四厘米 一九二五年作 浙江省博物館藏

題識：江上雨初收 蕭蕭蘆荻秋 偶然垂釣處 隱約見漁舟 乙丑秋日 黃賓虹

鈐印：黃質之印

山含濕翠活雲多　紙本　縱一二七厘米 橫四一厘米　一九二五年作　瀋陽故宮博物院藏

題識：山含濕翠活雲多　解駁晴空見翠螺　一徑石斜苔蘚滑　我來初趁雨經過　齊山雜咏

乙丑冬日寫　黃賓虹詩畫

鈐印：黃質之印

天池石壁　紙本　縱一二九厘米　橫四二·五厘米　安徽省博物館藏

題識：天池石壁　以廣安鷹嘴岩圖之　孝悃先生屬　賓虹

鈐印：黃賓虹

擬宋人山水　紙本　縱八七厘米　橫三二厘米　一九二五年作　瀋陽故宮博物院藏

題識：荊關李范皆能脱去唐人纖靡之習　獨以雄厚見長　墨井道人于北宋大家多所神悟非徒齀齀倪黄而已　寫似環其仁兄有道博笑　黄賓虹　乙丑二月

鈐印：黄質之印

山水 紙本 縱一二〇厘米 橫三三厘米 一九二五年作 浙江省博物館藏

題識：登高望遠 古君子以舒襟抱 且證其所學 泰岱觀日出 華陰觀月上 皆賓餞之至理 昌黎自識前身 其登太華也 稗書謂 華令百計取之方下 蓋戀戀餘暉 若蘇公所謂滅没倒景 不得望者耳 余近見慕道人鄭遺甦題畫語如此 宅心姻兄 遺甦之族裔也 劬學喜游山水 買田南沖 登臨嘯侶 畫以詒之 乙丑四月 黃樸存

鈐印：黃質之印 一心未了前因

入雲不礙访碑来　紙本　縱六一厘米　橫三三厘米　安徽省博物館藏

題識：陂塘蝌蚪畫成黍　崖岸蟲魚篆蝕苔　欲向鴻蒙寄遐想　入雲不礙訪碑來　晦之先生儲藏金石最富　兼工六法　寫博一笑　賓虹

鈐印：黃質之印

擬宋人畫意　紙本　縱一四三·七厘米　橫七七·二厘米　浙江省博物館藏

題識：深樹烟開澗路分　瀑泉時向静中聞　翠微忽斷丹崖影　吞吐層嵐是白雲　信軒道兄擅精六法　余爲寫宋人畫意　即希哂政　賓虹黄樸存

鈐印：黄質之印　高蹈獨往蕭然自得

青蓮寺 紙本 縱一四五厘米 橫六九厘米 一九二六年作 香港緣山堂藏

題識：匡盧下五老峰有青蓮寺 秋山翠滴 古澗水喧 落月近人 疏星欲墮 深山暮宿 晴巒曉游 仿佛斯境 丙寅正月 輔廷先生屬 賓虹畫

鈐印：黃質之印

赤葉明村徑 紙本 縱一一二厘米 橫四一厘米 香港緣山堂藏

題識：赤葉明村徑 清泉漱竹根 地偏車馬少 山氣自黃昏 黃賓虹畫

鈐印：賓弘

山水 紙本 縱八〇厘米 橫二五厘米 瀋陽故宮博物院藏

題識：李晞古師法荆關 具有雄奇渾厚之致 以博商壺先生方家粲正 黃賓虹畫

鈐印：黃質私印

山水 紙本 縱二四厘米 橫五〇厘米 一九二七年作
安徽省博物館藏
題識：丁卯六月 鑒堂先生屬 黄賓虹樸存
鈐印：虹若

山水 紙本 縱二三厘米 横四九厘米 歙縣博物館藏

題識：景明仁兄屬 賓虹

鈐印：黄質私印

南岳詩意　紙本　縱八二厘米　橫二八·五厘米　安徽省博物館藏

題識：

峻絶亭前天影紅　夜光岩畔四更風　仙霞絢彩通銀漢　海氣熔金上碧空

放眼寰中矜獨立　置身高處有誰同　何年鶴駕青冥外　手弄曦輪若木東

家硯旅公南岳詩　似月齋先生方家正　黃樸存畫

鈐印：黃質私印

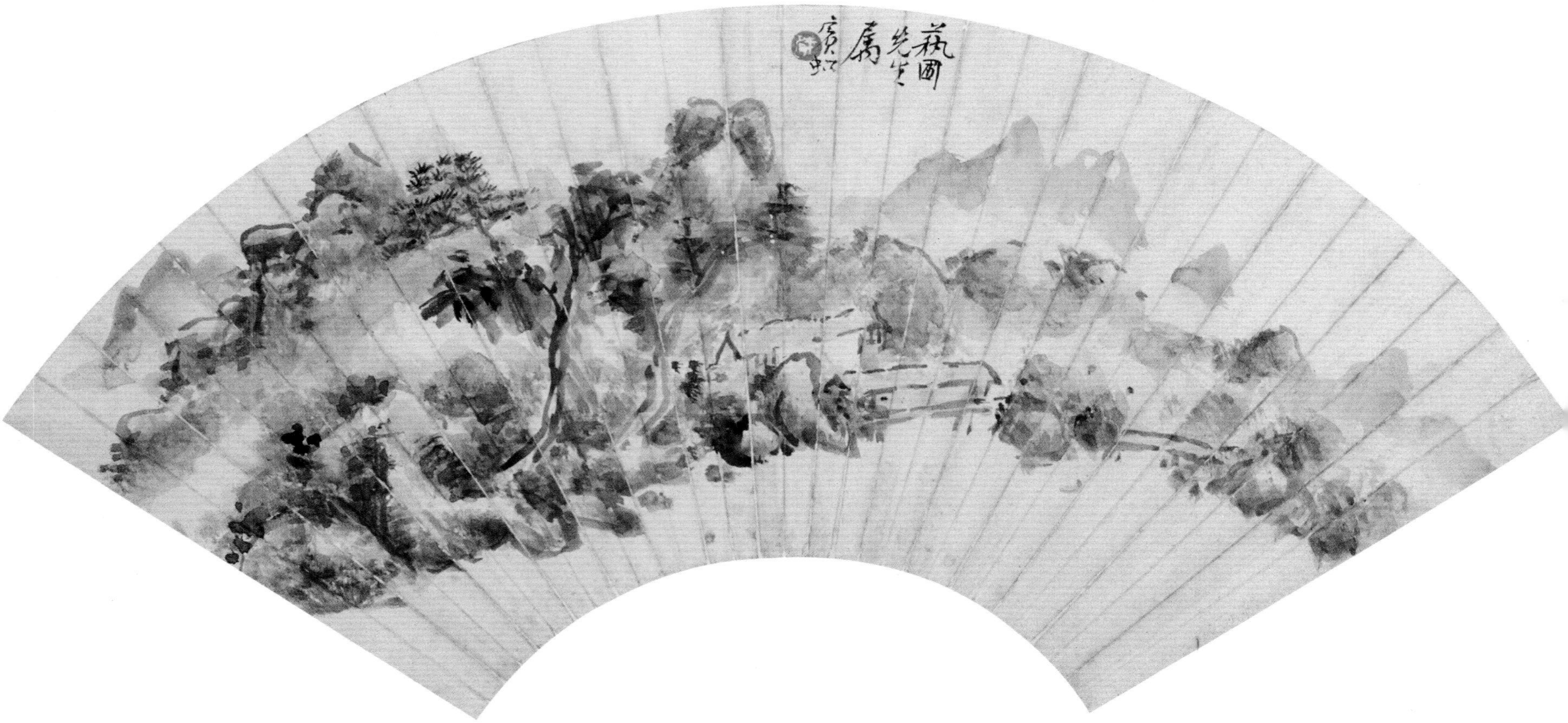

山水 紙本 縱二四厘米 橫五一厘米 安徽省博物館藏

題識：藝圃先生屬 賓虹

鈐印：肖形印

山水 紙本 縱一二四·五厘米 橫四七·二厘米 浙江省博物館藏

鈐印：黃賓虹 賓虹草堂 高蹈獨往蕭然自得

峰巒曲密松杉暗　紙本　縱九六厘米　橫三二・五厘米　浙江省博物館藏

題識：峰巒曲密松杉暗　臺殿高低紫翠迷　游騎不來清梵歇　竹鷄飛上樹頭啼　樸存

鈐印：濱虹

山水 紙本 縱一一一厘米 橫四〇厘米 一九二八年作 香港緣山堂藏

題識：元人設色古厚 一變唐宋法 玆試擬之 黃賓虹 戊辰五月

鈐印：黃質之印

山水 紙本 縱一一三·五厘米 橫四一厘米 香港緣山堂藏

題識：洪谷子山莊圖 簡古勁健 善爲雲生山頂 四面峻厚 畫稱唐末之冠 賓虹擬古

鈐印：黃質之印

永嘉山色　紙本　縱一三六厘米　橫六六厘米　香港緣山堂藏

題識：永嘉山色秀成堆　曾憶前年訪舊來　何處最牽東閣夢　一林松葉覆春苔　黃賓虹畫

鈐印：賓弘

日長山静圖 紙本 縱一七〇厘米 橫九三厘米 一九二八年作 安徽省博物館藏

題識：戊辰五月 寫日長山静圖 黃賓虹

鈐印：黃質之印 賓弘

山水
紙本　縱一二六厘米　橫六一厘米　浙江省博物館藏

静坐小軒　紙本　縱一〇八厘米　横三八厘米　安徽省博物館藏

題識：白雲深處小開軒　千閲南華養太元　静坐不關身外事　任他車馬市塵喧　濱虹

鈐印：黄賓虹

山水 紙本 縱一〇五厘米 橫三九厘米 一九二八年作 安徽省博物館藏

題識：曩年采石阻風 得此畫稿 雨窗無俚 寫奉禔齋先生博笑 黃賓虹 戊辰三月

鈐印：孟邦

竹裏柴門傍水開　紙本　縱一一三厘米　橫四〇厘米　安徽省博物館藏

題識：竹裏柴門傍水開　了無人迹破蒼苔　延陵有客溪南住　時挈春醪問字來　濱虹

鈐印：黄賓虹

山水 紙本 縱九六・三厘米 橫三九・五厘米 浙江省博物館藏

題識：賓虹

鈐印：賓虹

仿垢道人　紙本　縱九四·五厘米　橫三九·五厘米　一九三〇年作　安徽省博物館藏

題識：庚午新秋　芚公先生將旋唐模里居　寫此以贈　畫仿垢道人　愧不能得其萬一也　即博笑正　黃賓虹同客滬上

鈐印：黃賓虹

拂風霏雨自然青　紙本　縱八一厘米　橫四三厘米　安徽省博物館藏

題識：拂風霏雨自然青　莫道東湖异洞庭　君但一茗留與對　吟成如見曉濛溟　賓虹畫

鈐印：黃質之印

山水　紙本　縱一三五厘米　横六八厘米　一九三一年作　私人藏

題識：勁挺錦林風泛颯　淪漣輞水月流光　王裴設使蓦相遇　此即當年華子岡　愛漳先生將有隴右之游　出紙索畫　因憶董華亭輞川圖册　擬此博笑　時辛未秋日　黄賓虹寫

鈐印：黄賓虹

舟行帆飽水漣漪 紙本 縱一五二厘米 橫八二厘米 安徽省博物館藏

題識：高搏風翮君猶壯 忽感霜華我未歸 卅載春江重回首 舟行帆飽水漣漪 喻文先生曾與余同舟新安江上 今晤于淞濱 寫博笑正 黄賓虹

鈐印：黄質之印 孟邦 高蹈獨往蕭然自得

長松亂石　紙本　縱一〇一厘米　橫三四厘米　安徽省博物館藏

題識：盡日長松亂石間　不知身帶夕陽還　耳邊何用閑絲竹　一路溪聲送出山　桂尊先生屬　賓虹畫

鈐印：虹若

黃海煉丹臺　紙本　縱一二五厘米　橫三九厘米　安徽省博物館藏

題識：君房墨試一甌新　望古頻來潁水濱　風雅如今慨淪落　干城吾道見詩人　我登黃海煉丹臺　坐愛青巒面面開　漫興濡毫一揮寫　知君曾飲上池來　鏡湖詞兄賦詩見贈　作此答之并希雅粲即正　潭上質

鈐印：黃質之印

山水 紙本 縱一四九厘米 橫八一厘米 安徽省博物館藏

題識：行經賀廟又巖祠 楓柏秋霜未實枝 幾度灘前頻佇立 壁留苔蝕舊題詩 新安江中雜咏 子功先生正 黃賓虹

鈐印：賓虹

山水　紙本　縱一一〇厘米　橫三六厘米　安徽省博物館藏

題識：蜀西青城山峰巒秀削　古木葱鬱　因寫其意　賓虹

鈐印：黃賓虹

鑒藏題識：平生欠游蜀　傳聞山水稱雄奇　豈真比我江南好　是所未到心然疑　黃畫一讀再三讀　放筆直欲凌大痴　峭削險折各异態　一氣包舉乃如斯　謂是青城之山一旦見　癖愛未免神爲移　悦音女士真賢達　慨然舉手相貺遺　爾來兵聲震江水　老衰逃避安所之　對畫仰天三太息　高吟尋味疑盦詩　此畫爲許悦音女士所贈　時宿蚌戰事急　金鼓之聲震江上　對畫惘惘　悦音爲吾友疑盦女　黃其師也　疑盦先有題記　載青城山中多老人遺脱世事　吾意此輩老人當不知有今日也　戊子冬　鈍叟題識

鑒藏印：□□

鑒藏題識：君游巴子國　得意在青城　絶似靈陽里　烟雲足底生　疑翁許承堯

鑒藏印：疑叟

空林蕭蕭　紙本　縱一〇六厘米　橫三九厘米　安徽省博物館藏

題識：空林蕭蕭葉自舞　草亭寂寂日卓午　淥波終日受南風　紗巾葛袷無纖暑　吉修姻世兄先生博笑　黃賓虹畫

鈐印：體之以質

山水 紙本 縱九五·五厘米 橫三九·五厘米 浙江省博物館藏

題識：論書者曰蒼雄深秀 畫宜渾厚華滋 至理相通 有隸體畫

鈐印：賓虹 予向

山水　紙本　縱六五・二厘米　橫三八・三厘米　浙江省博物館藏

雁蕩仰天窩 紙本 縱二四·一厘米 橫一四三·三厘米 日本京都博物館藏

題識：叔南先生足迹半天下 所著紀游詩文早著海内 歸築仰天窩于雁蕩山中 倏然自得 余爲續此 雖未必山靈真面 而蕭閑之致或有當于隱居清樂 希博一笑可耳 天都黄賓虹

鈐印：賓虹

林南先生足迹半天下所著紀
游詩文早著海內歸築仰天
窩於鴈宕山中偃然自得亦奇
續此冊未必山靈真面而蕭閒
之致或有當於隱居清樂亦博
一笑可耳
天都黃賓虹

山水 紙本 縱八五·五厘米 橫二八厘米 安徽省博物館藏

題識：賓虹寫

鈐印：黃賓虹 興到筆隨

廣安天地 紙本 縱一一七厘米 橫四〇厘米 安徽省博物館藏

題識：廣安有天池 平曠百餘里 村墟錯落 水木清幽 洵爲异境 賓虹紀游

鈐印：黃賓虹 虹廬

山水 紙本 縱一〇七·三厘米 橫三五厘米 浙江省博物館藏

鈐印：潭上質印 黄賓虹

山水　紙本　縱五六厘米　横二三・五厘米　一九三四年作　安徽省博物館藏

題識：蜀西灌縣有老人村　年百二十歲者不計其數　山川鬱勃　鍾于期頤

寫奉吉修世先生博笑　甲戌　黄賓虹

鈐印：黄賓虹

山水

紙本 縱八一·九厘米 橫三七·一厘米 浙江省博物館藏

秋村暮靄　紙本　縱八一厘米　横三九厘米　安徽省博物館藏

題識：秋村暮靄　趙令穰清麗之筆瑟爽　多宜烟雲景　似當法巨然爲合也　黄賓虹

鈐印：黄質之印

鑒藏題識：小試牛刀鬢漸頒　咏游雅興未全删　村村父老同扶杖　自坐棠陰看好山

題奉前令君丹生先生清鑒　疑叟許承堯

鑒藏印：疑叟

松風無恙竹平安　紙本　縱一二八厘米　橫五六厘米　香港緣山堂藏

題識：疏窗漏月喜閑看　隔水時移一兩竿　何日枕書茶榻畔　松風無恙竹平安　松圓浪淘集句　賓谼寫意

鈐印：竹北移　黃賓虹　予向　虹廬

晴暮江聲赴急流　紙本　縱一二六厘米　橫四七厘米　一九三四年作　安徽省博物館藏

題識：晴暮江聲赴急流　塞垣雲護楚天秋　海東迴首波瀾闊　惟見沙禽送客舟　江行舟中雜咏　東美先生博粲　賓虹　甲戌春日

鈐印：黃賓虹　賓弘

無數山蟬噪夕陽 紙本 縱一一三厘米 橫四〇厘米 一九三四年作 香港緣山堂藏

題識：無數山蟬噪夕陽 高峰影裏坐陰涼 石邊偶看清泉滴 風過微聞松葉香 甲戌 黃賓虹畫

鈐印：黃賓虹 樸居士 片石居

泉聲喧夜雨　紙本　縱一三〇厘米　橫三一厘米　瀋陽故宮博物院藏

題識：緑樹陰蔽虧　青峰列環堵　一枕卧溪樓　泉聲喧夜雨　毅輔先生粲正　賓虹

鈐印：黃賓虹

寥泬秋天好 紙本 縱一一六厘米 橫四〇厘米 瀋陽故宮博物院藏

題識：寥泬秋天好 幽原此一過 山當江郭近 花傍隱居多 泉石心常在 窮通理若何 空言五湖上 無地着漁蓑 思遜先生屬正 黃賓虹畫

鈐印：賓虹 高蹈獨往蕭然自得

新安江上舟中所見　紙本　縱七二厘米　橫三一厘米　香港緣山堂藏

題識：新安江上舟中所見　歸而寫此　居素吾兄一粲　賓虹

鈐印：黄賓虹

鑒藏題識：自在槎頭理釣綸　雲山無際坐相親　莫嫌泛宅浮家者　猶占江湖署散人
睦州已盡婺州來　黛色重嵐潑玉醅　料得含毫凝望處　恰如一葉載秋迴　兑之

鑒藏印：湘西瞿氏

錦江圖　紙本　縱四一厘米　橫三〇三厘米　一九三五年作　温州市博物館藏

題識：

川光沙磧虹收雨　山氣林筿鳥渡烟　轉過烏篷夏溪口　鷗程重與問長年

縉雲山色樹周遮　雨後炊烟欲變霞　古塔入江寒有影　輕舟出峽静無嘩

蜀游北碚二首　鐸民先生粲正　乙亥　黃賓虹

鈐印：黃賓虹　賓虹

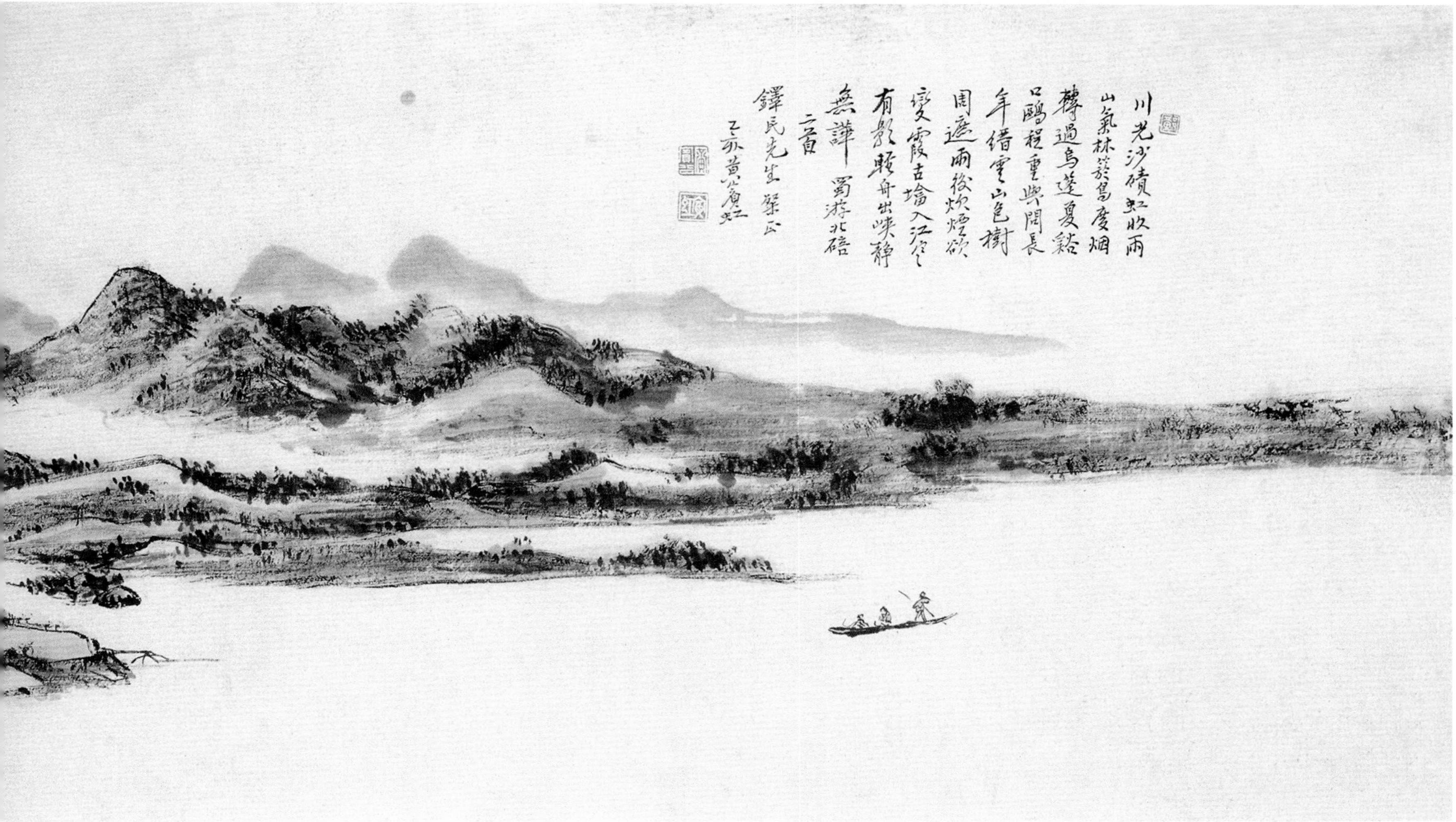
川光沙磧虹收雨
周遮雨後炊煙欲
有數輕舟出峽靜
無譁 蜀游北碚
二首
鐸民先生 察正
乙亥黃賓虹

錦江圖 （局部）

山水 紙本 縱七二·三厘米 橫三九厘米 浙江省博物館藏

題識：蔡中郎謂書肇自然 論者以爲書當造乎自然 作畫亦爾 前二十年作 賓虹甲午重題

鈐印：黄賓虹 黄山山中人

碧宇晴初雲半陰　紙本　縱一一三·五厘米　橫四二厘米　安徽省博物館藏

題識：碧宇晴初雲半陰　平蕪空盡日西沉　緋桃綽約剛臨水　灣過前村忽滿林　曙民先生屬　賓虹

鈐印：竹北移　黃賓虹　片石居

秋飆吹冷蒼岩烟　紙本　縱一五〇厘米　橫八〇厘米　一九三六年作　安徽省博物館藏

題識：秋飆吹冷蒼岩烟　松楸浮碧枝連蜷　丹黃雜樹出山麓　下映湖水生澄鮮　我思結廬就雲窟　坡陀歷落神怡懌　湖田十九苦無收　衫履淄塵歸不得　四野年年囂戰氛　秦源荒唐迷洞雲　一棹江流任容與　北山何待有移文　池陽湖舍作　娛萱先生屬粲　丙子秋九　黃賓虹畫并詩

鈐印：牧雲館　冰鴻　黃質私印　賓公　片石居　青陽臺

薛軒校書圖 紙本 縱七七厘米 橫三八厘米 一九三七年作 上海書畫出版社藏

題識：丁丑春日 桐庵先生屬爲薛軒校書圖 即希粲正 黃賓虹寫

鈐印：予向 烟霞散人

山水 紙本 縱一〇九厘米 橫三六厘米 一九三七年作 香港緣山堂藏

題識：縱觀宋元名畫 因悟由繁入簡之趣 寫似居素吾兄一粲 黃賓虹 丁丑

鈐印：黃賓虹 予向

山水 紙本 縱七五厘米 橫二六·五厘米 安徽省博物館藏

題識：山如碧浪翻江去 天似青天照眼明 喚取仙人來住此 莫教辛苦上層城 荆公詩意 賓虹畫

鈐印：黄賓虹

夏山玉堂　紙本　縱九八·七厘米　橫三二·七厘米　西泠印社藏

題識：溽暑熏蒸苦晝長　葛巾葵扇坐匡床　花陰水氣相撩處　知有人間白玉堂　賓虹寫

鈐印：黃賓虹　賓虹

山水　紙本　縱一八厘米　橫五二厘米　一九三七年作　私人藏

題識：丁丑初夏讀書之餘　寫應磐石先生粲正　黃賓虹

鈐印：樸存

山水　紙本　縱九〇厘米　橫二七·五厘米　一九三八年作　香港緣山堂藏

題識：趙宋南渡　劉松年李晞古作山水畫　皆用重色　以粉飾承平　董思翁言　潤州張修羽所藏黄大痴秋山圖　用青緑設色　寫叢林紅葉　翕赧如火　研硃點之甚奇麗　當爲一峰墨妙第一　非浮嵐夏山諸圖堪爲伯仲　豈其尚有南宋遺意耶　甚矣　積習之移人也　戊寅之春剛主先生出佳楮屬作設色山水　日久不事丹青　安能擬議古人哉　聊供嘔噱而已　天都黄賓虹

鈐印：黄質之印　予向　學然後知不足

山水 紙本 縱八八·七厘米 橫三七·一厘米 浙江省博物館藏

鈐印：潭上質印 賓虹

黃山諸峰如削成　紙本　縱一三五厘米　橫六八厘米　一九三八年作　安徽省博物館藏

題識：黃山諸峰積石　迴如削成　烟巒無際　雷雨在下　霞城洞室　乳竇瀑布　無峰不有岩巒之上　奇踪异狀不可模寫　誠神仙之窟宅也　戊寅臘月　翰飛先生屬粲　潭渡黃賓虹

鈐印：黃賓虹　虹廬　片石居

山水 紙本 縱五三厘米 橫二七厘米 安徽省博物館藏

題識：元人極意于蒼潤 幽深淡遠超出唐宋 茲一擬之 予向

鈐印：黃賓虹 興到筆隨

深州灣山色 紙本 縱三九・六厘米 橫二二・九厘米 一九三九年作 故宮博物院供稿

題識：深州灣在九龍西偏 可望蝦子諸小島 朝烟暮靄頗饒淡蕩之容 育黎先生博粲 己卯 黃賓虹

鈐印：樸居士 潭上質

蜀中小景 紙本 縱一二八厘米 橫六四厘米 一九四〇年作 香港緣山堂藏

題識：李晞古長夏江寺卷 全用董巨筆意而稍變其丘巒 余擬以寫蜀中小景 召夫先生屬粲 庚辰臘月 黃賓虹

鈐印：予向 黃賓虹 片石居

山水 紙本 縱一六六·八厘米 橫四六·二厘米 浙江省博物館藏

鈐印：黃山予向 賓虹

高樹曉風輕　紙本　縱二四四厘米　橫五九厘米　安徽省博物館藏

題識：荒磯春溜急　高樹曉風輕　田舍接遥浦　欣欣花竹明　輕舠出江濆　細柳貫銀鱗　如雪浪花白　漁娃來去頻　江行口占　黄賓虹

鈐印：賓虹　體之以質　高蹈獨往蕭然自得

屋後山疏秀　紙本　縱一一六·二厘米　橫四三厘米　浙江省博物館藏

題識：屋後山疏秀　門前水清淺　朝來何處風　吹落浮雲片　賓虹畫

鈐印：黃山予向

山水

紙本　縱三七·四厘米　橫二六·二厘米　浙江省博物館藏

山水

絹本　縱八六·八厘米　橫二七·三厘米　浙江省博物館藏

鈐印：黃賓虹　樸居士　賓虹草堂

浙東紀游山水　紙本　縱一〇九·七厘米　橫三八·七厘米　浙江省博物館藏

題識：切雲山逼樹痕疏　路繞層巔境豁如　陟降天台風日晚　鐵圍東望鬱靈區　浙東紀游　黃賓虹寫

鈐印：虹若　黃賓公　讀書習字栽花

石梁山色 紙本 縱一〇三厘米 橫三七厘米 一九四〇年作 香港緣山堂藏

題識：石梁茅屋有彎碕 流水濺濺度兩陂 清日暖風生夕氣 緑陰幽草勝花時

庚辰之夏 耀文先生屬 黃賓虹畫

鈐印：潭上質印 片石居

山水 紙本 縱一〇一厘米 橫四二·五厘米 浙江省博物館藏

鈐印：黃賓虹印

山水 紙本 縱一一一厘米 橫四一厘米 一九四一年作 香港緣山堂藏

題識：辛巳秋仲 黃賓虹寫于竹北簃

鈐印：黃賓虹

山水 紙本 縱一一〇厘米 橫四〇·五厘米 浙江省博物館藏

粵中山水　紙本　縱七五厘米　橫二七·五厘米　安徽省博物館藏

題識：粵中港島環海諸山雄奇峻偉　玆寫其仿佛如此　皓如再咸臺大雅　賓虹

鈐印：虹若　黃賓虹

華鬢感迎秋 紙本 縱九九厘米 橫四二厘米 一九四一年作 香港綠山堂藏

題識：起看焦山月 遥臨京口舟 橫吹青玉笛 華鬢感迎秋 泊瓜州作 辛巳 黄賓虹時年七十又八

鈐印：黄賓虹 潭上質印 片石居

片水無痕浸碧天 紙本 縱一二一厘米 橫四二厘米 安徽省博物館藏

題識：蒼茫沙嘴鷺鷥眠 片水無痕浸碧天 最愛蘆花經雨後 一篷烟火飯漁船 賓虹畫

鈐印：黃賓虹

蜀山紀游山水　紙本　縱一一〇厘米　橫四〇厘米　天津人民美術出版社藏

題識：石壁空青帶斷雲　碧蘿懸樹篆蛇紋　人家疑向鍾南住　誰信林泉有隱君　蜀山紀游　賓虹

鈐印：黃賓虹

巽庵詩意　紙本　縱九八·五厘米　橫三七·二厘米　一九四一年作　私人藏

題識：素屏寂寂照銀釭　閑事思量卧小窗　寶帶橋頭一串月　也曾携艇泛秋江　拈巽庵句　辛巳　黃賓虹寫

鈐印：竹北移　黃賓虹　黃山予向

雲林晚山 紙本 縱一〇三·五厘米 橫五〇·五厘米 一九四三年作 上海博物館藏

題識：寒林晚山 郭忠恕偶托李成舊本 自出新裁 木落崖枯 沙明水淨 荒寒岑寂 意在筆墨之外 癸未之冬 黃賓虹

鈐印：竹北移 黃賓虹 癸未年八十 黃山予向

嶺上看雲 紙本 縱七五·五厘米 橫三〇厘米 一九四三年作 安徽省博物館藏

題識：寺古山深被霧屯 高僧習靜入禪林 鹿游虎嘯尋常事 倚樹閑看嶺上雲 游虞山寫此 賓虹

鈐印：竹北移 黃賓虹 黃山予向 癸未年八十

山水 紙本 縱九三·六厘米 橫三三·七厘米 浙江省博物館藏

江行所見　紙本　縱七五厘米　橫三四厘米　一九四三年作　香港緣山堂藏

題識：曩于江行所見　茲試圖之　即寄居素有道一笑　癸未之秋　賓虹

鈐印：黃賓虹　癸未年八十

山水　紙本　縱九九·一厘米　橫四九·九厘米　一九四三年作　上海博物館藏

題識：柯丹丘論許道寧秋山晴靄　筆力勁偉　奕奕有神　明人多有臨本　得其縝密而深厚不逮　癸未　賓虹

鈐印：竹北移　黃賓虹　癸未年八十　黃山予向

青城山月夜聽隔院彈琴寫此
賓虹

青城山聽琴　紙本　縱六一·五厘米　橫三八厘米　一九四三年作　安徽省博物館藏

題識：青城山月夜聽隔院彈琴寫此　賓虹

鈐印：黃賓虹　黃山予向　癸未年八十

山水　紙本　縱一〇五·一厘米　橫三七·九厘米　浙江省博物館藏

鈐印：黃賓虹　賓虹草堂　竹窗

山水　紙本　縱一〇七·九厘米　橫三五·六厘米　浙江省博物館藏
鈐印：黄山予向

山水 紙本 縱九六·五厘米 橫三八·二厘米 浙江省博物館藏

鈐印：黄賓虹印

山水 紙本 縱八九厘米 橫三二厘米 浙江省博物館藏

山水　紙本　縱八八·六厘米　橫三六·四厘米　浙江省博物館藏

山水 紙本 縱一〇七·七厘米 橫三六厘米 浙江省博物館藏

鈐印：黄賓虹印 賓虹

山水 紙本 縱一〇八厘米 橫四〇厘米 安徽省博物館藏

題識：董玄宰謂 北苑瀟湘圖卷用筆荒率奇古 梅道人嘗其一臠 自爲卧游其間 以得收藏欣幸 余從思翁 略會心耳 逸塵先生屬粲 予向

鈐印：竹北移 黃賓虹 賓虹八十以後作

蜀中山水 紙本 縱一一三厘米 橫四二厘米 瀋陽故宮博物院藏

題識：龔野遺學鄭虔沉着深厚 唐人不全纖細爲工 可以想見 余以蜀中山水寫之 賓虹

鈐印：黃賓虹

山水 紙本 縱七八厘米 橫三三厘米 一九四六年作 香港緣山堂藏

題識：前十年余蜀游曾歷數寒暑 經嘉州躋峨嵋山頂 至灌縣 信宿青城軒轅峰 由廣安探天池 沿渠河出渝州 圖山靈真面而還 覺玄先生著作等身 留川蜀日久 所獲尤多 余寫此奉教聊博一噱耳 賓虹 丙戌

鈐印：黄賓虹 黄賓虹八十後詩書畫印

山水 紙本 縱九〇厘米 橫二九厘米 一九四六年作 安徽省博物館藏

題識：明啓禎間士夫畫者不讓元季諸賢 吾歙尤多杰起之作 余于李檀園最爲心折 其得天趣勝也

芚公先生博笑 丙戌 賓虹年八十又三

鈐印：黄賓虹 取諸懷抱

鑒藏題識：賓叟晚歲作 氣韵蒼厚極矣 此意在檀園 絶去摹擬而神理自通 真玄詣也 芚叟

鑒藏印：疑叟

山水 紙本 縱一〇三・五厘米 橫三九・五厘米 安徽省博物館藏

題識：唐宋人畫多重用濃墨 元四家起專尚淡渲而骨法兼筆 不爲孱弱 正學者未易逮 賓虹

鈐印：黃賓虹 賓虹八十以後作

山水　紙本　縱九九·四厘米　橫四九·八厘米　一九四六年作　上海博物館藏

題識：作畫以布置設施　勾勒斫拂　水暈墨彰　悉有根柢爲備　後稱文人畫者　恒多空疏無具　藝林所輕　學力有未至耳　取新先生屬　賓虹　丙戌年八十又三

鈐印：黃賓虹

山水 紙本 縱一一八厘米 橫四一厘米 安徽省博物館藏

題識：明季嘉定四先生 唐叔達以文著 婁子柔以書著 程孟陽李長蘅以詩畫著 婁祖籍婺源 程李皆歙人 亦各有畫本 賓虹

鈐印：黃賓虹 取諸懷抱

峨山秋色 紙本 縱一〇五厘米 橫三〇·五厘米 一九四六年作 浙江省博物館藏

題識：丹黄秋樹林 引興入雲深 記得峨山路 銜杯俯百尋 丙戌 賓虹年八十又三

鈐印：黄賓虹 取諸懷抱

山水　紙本　縱一一六厘米　橫三九厘米　一九四六年作　香港緣山堂藏

題識：虎兒筆力能扛鼎　古人用筆全是力大于身　含剛健于婀娜　所謂剛柔得中也　丙戌之夏　予向

鈐印：黃賓虹　高蹈獨往蕭然自得

一碧掃寥廓 紙本 縱一二一·七厘米 橫三九·五厘米 浙江省博物館藏

題識：終南太華間 看山時出郭 作勢橫秋雲 一碧掃寥廓

鈐印：黃山山中人 黃賓虹 片石居

蜀山紀游　紙本　縱一三一厘米　橫六〇厘米　安徽省博物館藏

題識：適此林壑趣　頓忘城市喧　尋詩度彴略　清響答鵑猿　蜀山紀游作　曙民先生屬　賓虹

鈐印：黄賓虹　黄山予向　賓虹八十以後作

蘚崖蒼潤雨初乾　紙本　縱一三一厘米　橫六六·五厘米　安徽省博物館藏

題識：蘚崖蒼潤雨初乾　石罅飛泉噴雪寒　啼斷禽聲山更静　青松影下倚欄干　讀畫之餘寫此　孝悃先生屬粲　賓虹

鈐印：黄賓虹　賓虹八十以後作

山水

紙本　縱七二·二厘米　橫三二·四厘米　浙江省博物館藏

山水 紙本 縱一〇五厘米 橫四一·七厘米 浙江省博物館藏
鈐印：黃賓虹印

山水 紙本 縱一二六·八厘米 横四八厘米 一九四六年作 故宮博物院供稿

題識：董思翁謂董巨二米爲一家法 南宮自稱無一點荊關俗氣獨創雅格 八十三叟賓虹

鈐印：黄賓虹 黄山予向

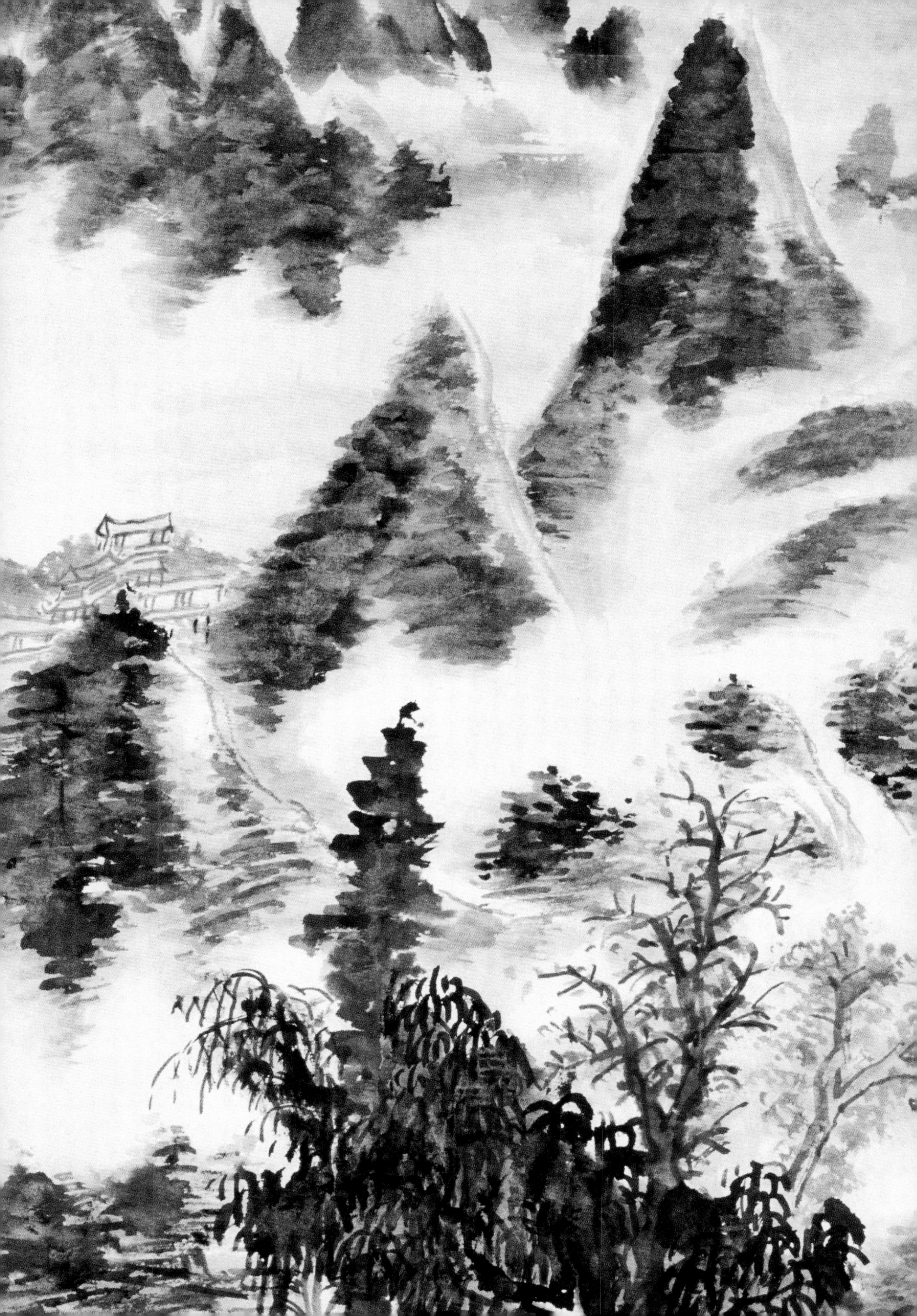

山水 紙本 縱九六·三厘米 橫三七·二厘米 浙江省博物館藏

鈐印：黃賓虹 賓虹草堂 高蹈獨往蕭然自得

山水 紙本 縱一三六·五厘米 橫五三·二厘米 浙江省博物館藏

鈐印：黃山予向 虹廬

山水 紙本 縱一〇五厘米 橫三三厘米 浙江省博物館藏

鈐印：賓虹 黄

高松野崖 紙本 縱一〇二·二厘米 横三二·三厘米 浙江省博物館藏

題識：朱芾爲松崖寫高松野崖 余擬其意圖此

鈐印：黄賓虹

齊山湖　紙本　縱七三厘米　橫三〇厘米　私人藏

題識：淺水橋　南宋以後改名瀉水橋　由此登齊山　湖光雲影一望無際　賓虹

鈐印：樸居士　黃質私印

山水　紙本　縱一八一厘米　橫三七厘米　一九四六年作　香港緣山堂藏

題識：曩居寂寞荒江之上　烟波杳渺　林木蕭疏　茅屋數椽　絕無纖塵侵入几席

此境若圖畫中　今不易得矣　寫寄居素吾兄有道　賓虹　丙戌年八十又三

鈐印：黃賓虹　掌印如褐

聽訓草堂圖　紙本　縱一二〇厘米　橫四六厘米　一九四六年　私人藏

題識：聽訓草堂圖　孝文先生屬粲　八十三叟賓虹

鈐印：黃賓虹　賓虹八十以後作

山水 紙本 縱一一三厘米 橫四二厘米 瀋陽故宮博物院藏

題識：洪谷子畫神色飛動 元氣淋漓 倪迂遺其貌 筆中有墨 不能以形似求之 賓虹

鈐印：黃賓虹

峨嵋龍門峡所見　紙本　縱八八厘米　橫四〇厘米　一九四七年作　天津人民美術出版社藏

題識：峨嵋龍門峡所見　兹寫其意　雁亭先生雅正　丁亥　賓虹時年八十又四

鈐印：黄賓虹

山水（四條屏） 紙本 縱一二〇厘米 橫三二厘米 一九四七年作 私人藏
之一 題識：長夏江寺圖 李晞古可比李思訓 不皆以金碧見長也 賓虹
鈐印：黃賓虹 黃山山中人

之二　題識：沉雄渾厚　擬范華原筆意寫蜀中小景

鈐印：賓虹　黃山山中人

之三　題識：宋人設色　水墨丹青合體法　賓虹

鈐印：黄賓虹　黄山山中人

之四　題識：陽朔山水　以梅沙彌意寫此　丁亥　賓虹

鈐印：黃賓虹　黃山山中人

光網樓圖 紙本 縱一二〇厘米 橫五〇厘米 香港緣山堂藏

題識：居素吾兄大雅屬寫光網樓圖 黃賓虹

鈐印：黃賓虹 烟霞散人

山水 紙本 縱一一八厘米 橫五〇厘米 一九四七年作 天津人民美術出版社藏

題識：平天矼矼長五六里 廣數十步 上即光明頂 西爲浮丘峰 與容成峰相對峙 丁亥 賓虹

鈐印：黄賓虹 冰上鴻飛館

山水

紙本　縱七五厘米　橫二六厘米　安徽省博物館藏

山水　紙本　縱七七·五厘米　橫三三·五厘米　浙江省博物館藏

山水 紙本 縱八九·一厘米 横三〇·七厘米 浙江省博物館藏

鈐印：黄賓虹印

山水

紙本　縱九二厘米　橫三七厘米　浙江省博物館藏

山水 紙本 縱一二一厘米 橫三六·八厘米 浙江省博物館藏

鈐印：黄賓虹印

山水 紙本 縱七五厘米 橫二六·五厘米 安徽省博物館藏

鈐印：黃賓虹

山水 紙本 縱七五厘米 橫二六·五厘米 安徽省博物館藏

鈐印：黃賓虹

山水

紙本　縱八八·三厘米　橫四七厘米　浙江省博物館藏

山水　紙本　縱七七厘米　橫四一厘米　一九四七年作　香港緣山堂藏

題識：蜀山多玲瓏窾窔　巉嵯巧峭　唐人王宰以五水十石寫之　出于象外　余爲圖此第不受迫促耳　八十四叟賓虹

鈐印：黃賓虹　冰上鴻飛館

山水 紙本 縱三二厘米 橫九〇厘米 一九四七年作 中國美術館藏

題識：北宋畫多用焦墨 茲一擬之 丁亥 賓虹

鈐印：黃賓虹

山水 紙本 縱一一八·三厘米 橫三四厘米 浙江省博物館藏

山水　紙本　縱一〇七厘米　橫四一厘米　浙江省博物館藏

鈐印：黄賓虹　竹窗

山水 紙本 縱八六·九厘米 橫三〇·五厘米 浙江省博物館藏

鈐印：黄賓虹 賓虹草堂

山水　紙本　縱一〇六厘米　橫四四厘米　天津人民美術出版社藏

題識：書成而學畫　變其體不變其法　蓋畫即是書之理　書即是畫之法　王孟津書工二王法　而又兼習北宋范寬郭熙諸家　畫道得而通諸書　二者均出婁東虞山以上　賓虹

鈐印：黃賓虹

雲懶坐忘歸　紙本　縱一一二厘米　橫三四厘米　一九四七年作　香港緣山堂藏

題識：溪上群峰列　松間一徑微　林深行不盡　雲懶坐忘歸　心齋先生屬　賓虹寫　丁亥　時年八十又四

鈐印：黃賓虹

紀游山水 紙本 縱七一厘米 橫三九厘米 一九四八年作 私人藏

題識：黃山師林寺高處望松谷諸峰 伯敏學兄見而喜之 因以爲贈 戊子 賓虹年八十有五

鈐印：黃賓虹印

山水 紙本 縱七二·八厘米 橫三九厘米 浙江省博物館藏

鈐印：黄賓虹印

山水 紙本 縱七五·九厘米 橫三九·六厘米 浙江省博物館藏

山水 紙本 縱八八·四厘米 橫三三·五厘米 浙江省博物館藏

鈐印：黄賓虹印

山水 紙本 縱六五厘米 橫三二厘米 浙江省博物館藏

山水

紙本　縱九七厘米　橫五五厘米　浙江省博物館藏

蜀山紀游　紙本　縱七三厘米　橫三四厘米　私人藏

題識：宋元名迹筆酣墨飽　興會淋漓　似不經意　饒有静穆之致　此余蜀山紀游　參以古法爲之

伯敏學兄見而喜此　因撿贈行　戊子　賓虹重題　時同客燕山

鈐印：黄賓虹

山水 紙本 縱六五·一厘米 橫三三·八厘米 浙江省博物館藏
鈐印：賓虹

山水　紙本　縱八七·四厘米　橫四四·四厘米　浙江省博物館藏

鈐印：黄賓虹印

山水　紙本　縱一〇〇厘米　橫三三・二厘米　浙江省博物館藏

鈐印：黄賓虹　竹窗

山水 紙本 縱八八厘米 橫四七·五厘米 浙江省博物館藏
鈐印：黄賓虹印

青城山中坐雨　紙本　縱八六·四厘米　橫四四·六厘米　浙江省博物館藏

題識：青城山中坐雨　林巒杳靄　得圖而歸　賓虹

鈐印：黃賓虹　冰上鴻飛館

山水 紙本 縱六八·五厘米 橫四〇·二厘米 浙江省博物館藏
鈐印：賓虹 黄賓虹 黄山山中人

山水 紙本 縱六五厘米 橫三七厘米 浙江省博物館藏

鈐印：黄質賓虹

山水 紙本 縱八九厘米 橫三八厘米 浙江省博物館藏

山水

紙本　縱九四厘米　橫三四厘米　浙江省博物館藏

山水 紙本 縱八九·五厘米 橫三一厘米 浙江省博物館藏

山水 紙本 縱七五·四厘米 橫三〇·三厘米 浙江省博物館藏

鈐印：黄賓虹 竹窗

山水 紙本 縱一〇五·一厘米 橫三三·三厘米 浙江省博物館藏

鈐印：黄質賓虹

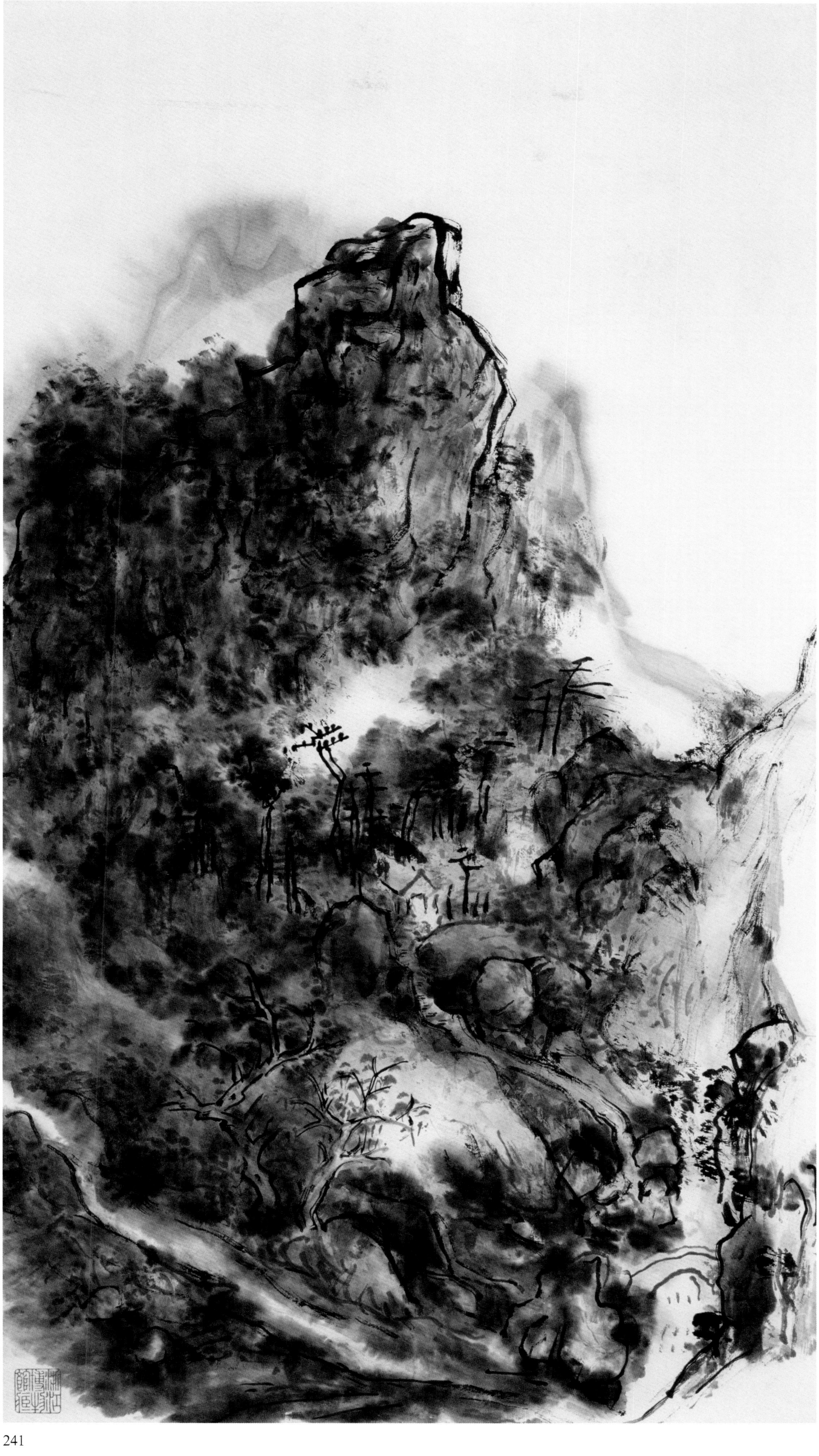

山水

紙本　縱六〇厘米　橫三三厘米　浙江省博物館藏

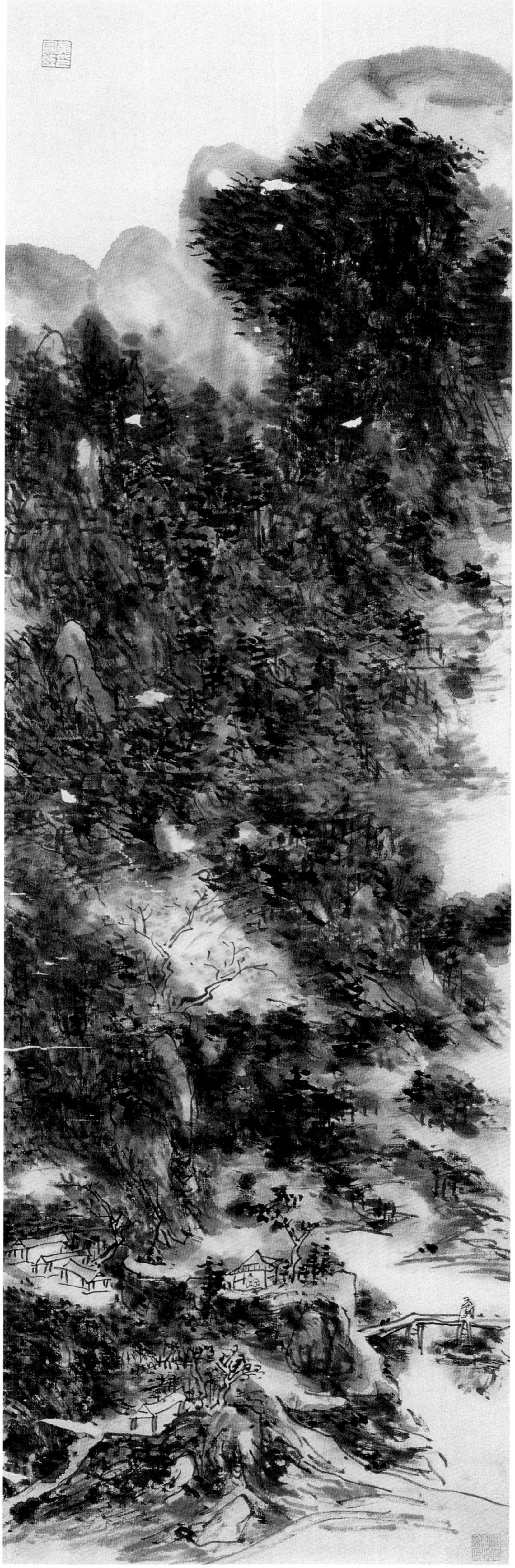

山水　紙本　縱一〇七·三厘米　橫三三·五厘米　浙江省博物館藏

鈐印：黄賓虹印

落日照荒臺　紙本　縱一〇二厘米　橫二四厘米　一九四八年作　香港緣山堂藏

題識：岳暗關中路　鐵崖飛雨來　烟雲明滅處　落日照荒臺　人燕先生屬

賓虹　戊子　年八十又五

鈐印：黃賓虹印　冰上鴻飛館

山水 紙本 縱八九·五厘米 橫三一·一厘米 浙江省博物館藏

鈐印：賓虹

雁蕩山色　紙本　縱九二·四厘米　橫三九·五厘米　一九四八年作　西泠印社藏

題識：雁蕩東内谷泉石清幽　烟雲吞吐　極愜心目　兹一擬之　戊子　賓虹年八十有五

鈐印：黃賓虹印　冰上鴻飛館

山水　紙本　縱一〇二厘米　橫四一·五厘米　浙江省博物館藏

山水　紙本　縱一八·五厘米　横五〇厘米　私人藏

題識：丘壑自非胸次有　雲烟誰暇静中看　品咸世長兄雅屬　黄賓虹

鈐印：樸存

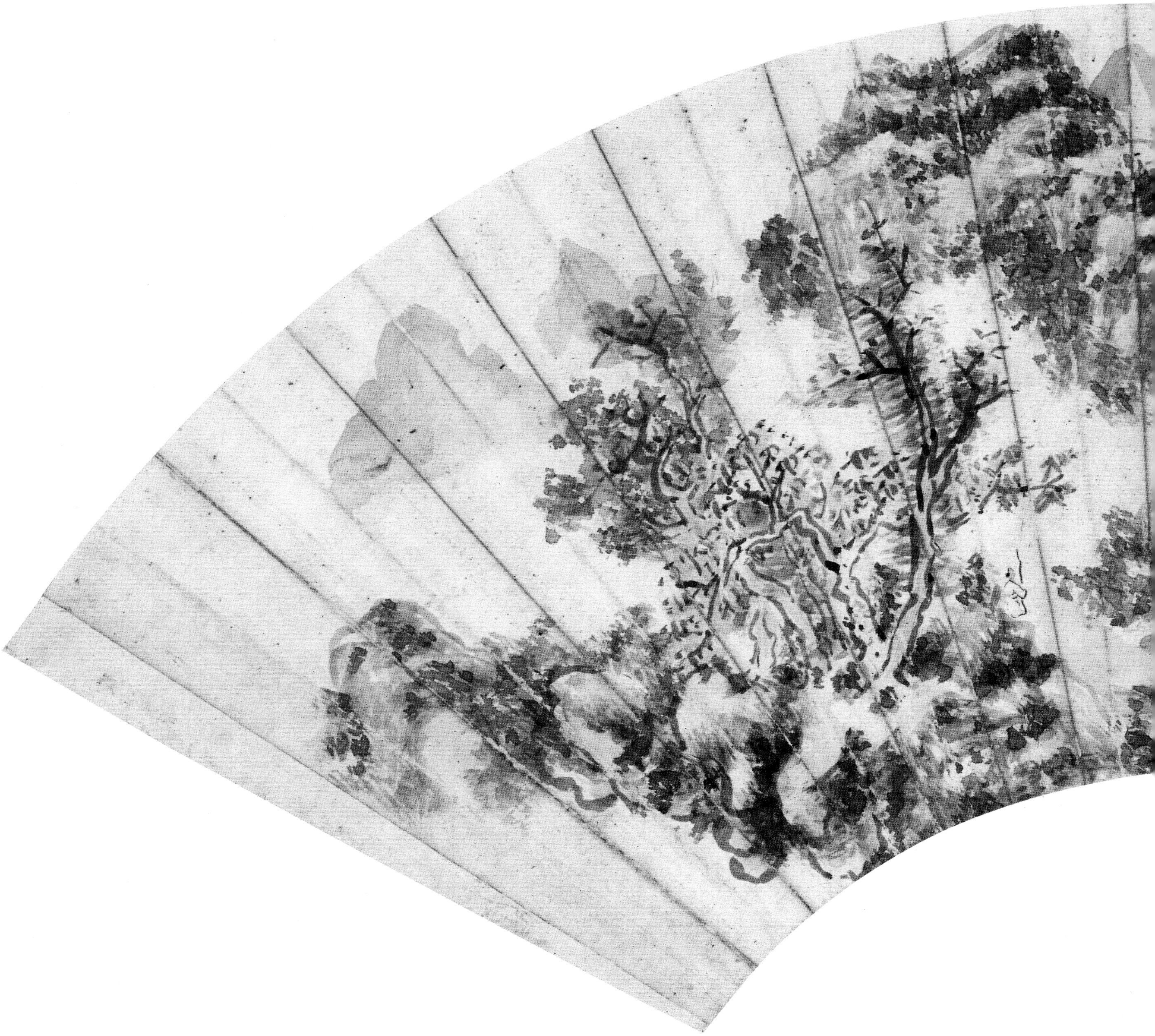

江山無盡　紙本　縱一一二厘米　橫三九厘米　一九四八年作　浙江省博物館藏

題識：江山無盡　以北宋人意擬之　戊子　賓虹老人

鈐印：黃賓虹印　冰上鴻飛館

山水 紙本 縱九六·五厘米 橫三六·二厘米 浙江省博物館藏

鈐印：黄賓虹

山水 紙本 縱六六·四厘米 橫三一·六厘米 浙江省博物館藏

鈐印：黄賓虹 竹窗

山水　紙本　縱五八・一厘米　橫三一・三厘米　浙江省博物館藏

山水 紙本　縱九八厘米　橫三四厘米　浙江省博物館藏

鈐印：黄賓虹印

山水

紙本　縱六七·五厘米　橫三四厘米　浙江省博物館藏

合川舟行 紙本 縱八九厘米 橫三八厘米 一九四八年作 私人藏

題識：水市聲喧客路賒 溪流環繞出三巴 垂楊籠巷如深雨 歸燕雙雙日又斜

合川舟行 戊子 八十五叟賓虹

鈐印：黄賓虹

山水 紙本 縱五一·五厘米 橫二九厘米 浙江省博物館藏

山水　紙本　縱一三五厘米　橫六八厘米　上海市美術家協會藏

題識：宋郭若虛論畫謂　盈天地間萬物　畫者含毫運思　悉皆曲盡其態　衆工雖謂曰畫而非畫者　蓋止能傳其形　不能傳其神也　故畫有三品　曰神妙能　不似而似是爲神似　筆墨生動　要以渾厚華滋出之　殊感不易易耳　黄山賓虹

鈐印：黄賓虹　黄山山中人

山水

紙本　縱八九厘米　橫三二·五厘米　浙江省博物館藏

山水 紙本 縱六〇・四厘米 橫二三・二厘米 浙江省博物館藏
鈐印：賓虹

山水

紙本　縱一〇四厘米　橫三一厘米　浙江省博物館藏

紀游山水　紙本　縱四七·五厘米　橫二七厘米　一九四八年作　私人藏

題識：師林寺前逾嶺翠崖數折至黃花坪　八十五叟賓虹

鈐印：黃賓虹

山水

紙本　縱九五·三厘米　横三六·三厘米　浙江省博物館藏

山水 紙本 縱九〇・八厘米 橫三三厘米 浙江省博物館藏

鈐印：黃賓虹印

朱竹垞詩意　紙本　縱六五·九厘米　橫三三·七厘米　浙江省博物館藏

題識：越山東望路迢迢　澗口寒藤度石橋　惆悵空林飛錫遠　海門秋雨浙江潮

朱竹垞詩畫意　賓虹寫

鈐印：黃賓虹　黃山中人

山水　紙本　縱七二·一厘米　橫三六·三厘米　浙江省博物館藏

鈐印：黄賓虹　高蹈獨往蕭然自得

山水 紙本 縱六七·一厘米 橫三九厘米 浙江省博物館藏

鈐印：黄賓虹印

山水 紙本 縱七四・六厘米 橫三〇・八厘米 浙江省博物館藏

鈐印：黄賓虹印

山水

紙本　縱六八厘米　横二六厘米　浙江省博物館藏

山水 紙本 縱一〇五厘米 橫四七·四厘米 浙江省博物館藏

鈐印：黄山予向

山水

紙本　縱八八厘米　橫三一厘米　浙江省博物館藏

山水　紙本　縱一〇一厘米　橫四七·五厘米　浙江省博物館藏

宿雨初晴 紙本 縱八八·一厘米 橫三二厘米 一九四八年作 中國美術館藏

題識：宿雨初晴 泛舟湖上寫此 戊子 八十五叟 賓虹

鈐印：黃賓虹

山水

紙本　縱六八厘米　橫三二厘米　浙江省博物館藏

山水　紙本　縱八八·五厘米　橫三八·五厘米　浙江省博物館藏

鈐印：取諸懷抱

嘉州歸渡　紙本　縱六三·二厘米　橫四一·一厘米　一九四八年作　浙江省博物館藏

題識：嘉州歸渡　烏尤寺紀游　戊子之春　八十五叟賓虹

鈐印：黃賓虹　片石居

嘉州歸渡
烏尤寺紀游
戊子之春
八十五叟賓虹

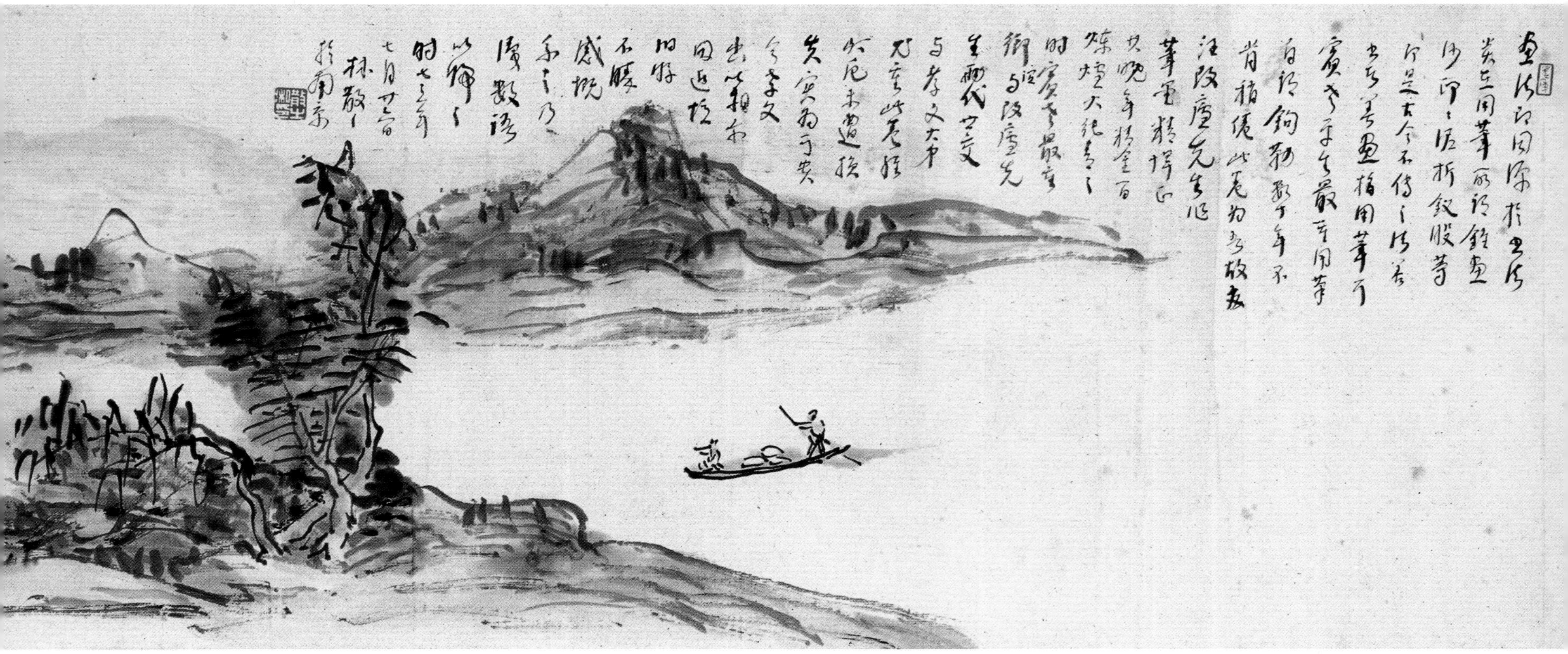

山水　紙本　縱七一厘米　橫三五厘米　浙江省博物館藏

山水 紙本 縱六四・一厘米 橫三〇・一厘米 浙江省博物館藏

鈐印：賓虹

山水

紙本　縱九六厘米　橫三七厘米　浙江省博物館藏

山水

紙本　縱八一・五厘米　橫三二厘米　浙江省博物館藏

山水　紙本　縱一一五厘米　橫四七·五厘米　浙江省博物館藏

鐵橋峰山色　紙本　縱一〇七·六厘米　橫四〇·五厘米　浙江省博物館藏

題識：鐵橋峰屬羅浮　二山相接處　張山人穆善畫　嘗居此　賓虹

鈐印：黃賓虹

山水　紙本　縱六五·五厘米　橫三一·五厘米　浙江省博物館藏

山水 紙本 縱一一〇厘米 橫五四厘米 安徽省博物館藏

鈐印：賓虹 黄質賓虹 黄山山中人

山水　紙本　縱八七厘米　橫三二厘米　浙江省博物館藏

山水

紙本　縱九五·五厘米　橫三二·五厘米　浙江省博物館藏

山水 紙本 縱一〇四厘米 橫三三·五厘米 浙江省博物館藏

山水 紙本 縱八七·二厘米 橫三一·六厘米 浙江省博物館藏

鈐印：賓虹

山水 紙本 縱七六·二厘米 橫四七·五厘米 浙江省博物館藏

鈐印：黃賓虹印

山水 紙本 縱八八・三厘米 橫四三・五厘米 浙江省博物館藏

山水　紙本
縱三二·九厘米　橫六六·七厘米
浙江省博物館藏
鈐印：黄賓虹

江南春樹圖　紙本　縱九四·八厘米　橫五七厘米　一九四八年作　私人藏

題識：古籀探奇溯象形　不求形似又丹青　撫琴欲令山俱響　只許成連海上聽　天外青山千叠愁　江南春樹暮雲浮　而今隔別蓮韜館還對新圖憶舊游　君量道兄寄見懷之作視余　并索拙筆　因寫此圖繫以小詩　草草而成　聊酬雅意云爾　戊子　賓虹年八十有五

鈐印：會心處　黃賓虹印　黃山山中人　冰上鴻飛館

策　　劃・姜衍波　奚天鷹　王經春

主　　編・王伯敏

執行副主編・王經春

副 主 編・王肇達　趙雁君

分卷主編・童中燾　王克文　陸秀競　王大川

文字總監・梁　江

導　　語・駱堅群

責任編輯・田林海　王勝華　俞建華　王肇達

釋　　文・俞建華　王宏理

文字審校・俞建華

裝幀設計・毛德寶　俞佳迪　王肇達　田林海　王勝華

責任校對・黄　静

圖片攝影・葛立英　鄭向農

圖書在版編目（CIP）數據

黃賓虹全集.1，山水卷軸/《黃賓虹全集》編輯委員會編.—濟南：山東美術出版社；杭州：浙江人民美術出版社，2006.12（2014.4重印）

ISBN 978-7-5330-2332-4

Ⅰ.黃… Ⅱ.黃… Ⅲ.山水畫-作品集-中國-現代
Ⅳ.J222.7

中國版本圖書館CIP數據核字（2007）第015470號

出品人： 姜衍波　奚天鷹

出版發行： 山東美術出版社
濟南市勝利大街三十九號（郵編：250001）
http://www.sdmspub.com
電話：（0531）82098268　傳真：（0531）82066185
山東美術出版社發行部
濟南市勝利大街三十九號（郵編：250001）
電話：（0531）86193019　86193028
浙江人民美術出版社
杭州市體育場路三四七號（郵編：310006）
http://mss.zjcb.com
電話：（0571）85176548
浙江人民美術出版社營銷部
杭州市體育場路三四七號十九樓（郵編：310006）
電話：（0571）85176089　傳真：（0571）85102160

製版印刷： 深圳華新彩印製版有限公司

開本印張： 787×1092毫米　八開　四十二印張

版　　次： 二〇〇六年十二月第一版　二〇一四年四月第三次印刷

定　　價： 柒佰捌拾圓